Translated Language Learning

Le Avventure di Alice nel Paese delle Meraviglie

Alice's Adventures in Wonderland

Lewis Carroll

Italiano / English

Nella tana del coniglio
Down the Rabbit Hole

Alice cominciava a sentirsi molto stanca
Alice was beginning to get very tired
Era seduta accanto a sua sorella sulla riva erbosa
she was sitting by her sister on the grass bank
ma non aveva niente da fare
but she had nothing to do
sua sorella stava leggendo un libro
her sister was reading a book
una o due volte Alice sbirciò nel libro
once or twice Alice peeped into the book
Ma il libro non conteneva immagini o conversazioni
but the book had no pictures or conversations in it
"A che serve un libro senza immagini?", pensò Alice
"what use is a book without pictures?," thought Alice
"Perché un libro non dovrebbe avere conversazioni?"
"why would a book have no conversations?"
ma aveva altre cose da considerare

but she had other things to consider
"fare una catena di margherite sarebbe un piacere"
"making a chain of daisies would be a pleasure"
"Ma vale la pena di alzarsi e raccogliere le margherite??"
"but is it worth the effort of getting up and picking the daisies??"
Non è stato così facile pensarci
this was not so easy to think about
perché la giornata la faceva sentire assonnata e stupida
because the day was making her feel sleepy and stupid
ma all'improvviso i suoi pensieri furono interrotti
but suddenly her thoughts were interrupted
un Bianconiglio con gli occhi rosa le corse vicino
a White Rabbit with pink eyes ran close by her

Non c'era nulla di eccessivamente notevole nel coniglio
There was nothing overly remarkable about the rabbit
e Alice non pensava che nemmeno il coniglio fosse degno di nota
and Alice did not think the rabbit remarkable either
né la sorprese quando il Coniglio parlò
nor did it surprise her when the Rabbit spoke
"Oh cielo! Arriverò troppo tardi!» disse tra sé
"Oh dear! I shall be too late!" he said to himself
ma poi il Coniglio ha fatto qualcosa che i conigli non hanno fatto
but then the Rabbit did something that rabbits didn't do
il Coniglio tirò fuori un orologio dal taschino del panciotto
the Rabbit took a watch out of its waistcoat-pocket
Guardò l'ora e poi si affrettò
he looked at the time and then hurried on
Alice si alzò in piedi, stupita
Alice got to her feet, in amazement
Non aveva mai visto un coniglio con un panciotto prima d'ora!
she had never seen a rabbit with a waistcoat before!
né aveva mai visto un coniglio con un orologio!
nor had she ever seen a rabbit with a watch!
Alice ardeva di una nuova curiosità
Alice was burning with a new curiosity
e corse attraverso il campo dietro al Coniglio
and she ran across the field after the Rabbit
Fece appena in tempo a vedere il coniglio sparire
she was just in time to see the rabbit disappear
Il coniglio saltò giù in una grande tana del coniglio
the rabbit hopped down into a large rabbit-hole
In un attimo, Alice andò dietro al coniglio!
In another moment, down went Alice after the rabbit!
La tana del coniglio proseguiva dritta come un tunnel
The rabbit-hole went straight on like a tunnel
e il tunnel continuò ad andare avanti per un po'

and the tunnel kept going for some distance
e poi il sentiero è improvvisamente sceso
and then the path suddenly dipped down
Alice non ebbe un momento per pensare a fermarsi
Alice had not a moment to think about stopping herself
Si ritrovò a cadere sempre giù e giù
she found herself falling down and down and down
sembrava che fosse caduta in un pozzo molto profondo
it seemed as if she had fallen down a very deep well
O il pozzo era molto profondo, o è caduta molto lentamente
Either the well was very deep, or she fell very slowly
perché aveva tutto il tempo di cadere
because she had plenty of time to fall
Mentre stava cadendo, poteva guardarsi intorno
as she was falling she could look all around her
Per prima cosa, ha cercato di capire dove stava andando
First, she tried to make out where she was going
ma il pozzo era troppo buio per vedere qualcosa
but the well was too dark to see anything
Poi guardò i lati del pozzo
then she looked at the sides of the well
E notò che c'erano armadi tutt'intorno a lei
and she noticed that there were cupboards all around her
e tutto intorno al pozzo c'erano scaffali di libri
and all around the well were book-shelves
Qua e là vedeva mappe e quadri appesi a pioli
here and there she saw maps and pictures hung upon pegs
Prese un barattolo da uno degli scaffali mentre passava
She took down a jar from one of the shelves as she passed
Il barattolo è stato etichettato per il suo contenuto
the jar was labelled for its content
"MARMELLATA DI ARANCE"
"MARMALADE MADE FROM ORANGES"
**ma, con sua grande delusione, il barattolo di marmellata era
vuoto**
but, to her great disappointment, the marmalade jar was
empty

Non voleva far cadere il barattolo di marmellata vuoto
she did not want to drop the empty marmalade jar
e la sua caduta fu molto lenta
and her fall was very slow
Così riuscì a mettere il barattolo di marmellata in uno degli armadi
so she managed to put the marmalade jar into one of the cupboards
Giù, giù, giù!
Down, down, down she fall!
La caduta sarebbe mai finita?
Would the fall ever come to an end?
Non c'era nient'altro da fare
There was nothing else to do
così Alice iniziò presto a parlare da sola
so Alice soon began talking to herself
«A Dinah mancherò molto stasera, credo!»
"Dinah will miss me very much tonight, I should think!"
Dinah era la gatta di Alice
Dinah was Alice's cat
"Spero che si ricorderanno del suo piattino di latte all'ora del tè"
"I hope they'll remember her saucer of milk at tea-time"
"Dinah, mia cara, vorrei che tu fossi qui con me!"
"Dinah, my dear, I wish you were down here with me!"
Alice si sentiva appisolata
Alice felt that she was dozing off
E poi, all'improvviso, tonfo! tonfo!
and then suddenly, thump! thump!
cadde su un mucchio di bastoni
down she fell upon a heap of sticks
e atterrò su un mucchio di foglie secche
and she landed on a pile of dry leaves
e finalmente la lunga caduta nel buco era finita
and finally the long fall down the hole was over
Alice non si fece male
Alice was not a bit hurt

e in un attimo balzò in piedi
and she jumped up within a moment
Alzò lo sguardo, ma sopra di lei era tutto buio
She looked up, but it was all dark overhead
Davanti a lei c'era un altro lungo corridoio
in front of her was another long corridor
e il Bianconiglio era ancora in vista
and the White Rabbit was still in sight
Si stava affrettando lungo il corridoio
he was hurrying down the corridor
Non c'era un momento da perdere
There was not a moment to be lost
Alice corse via come il vento
off ran Alice like the wind
Dietro l'angolo si girò il coniglio
around the corner turned the rabbit
Fece appena in tempo a sentire il coniglio
she was just in time to hear the rabbit
""Oh, le mie orecchie e i miei baffi"
""Oh, my ears and whiskers"
"Come si sta facendo tardi!"
"how late it's getting!"
Era vicina al coniglio
She was close behind the rabbit
Ha girato un altro angolo
she turned around another corner
ma il Coniglio non si vedeva più
but the Rabbit was no longer to be seen
Si ritrovò in un corridoio lungo e basso
She found herself in a long, low hall
La sala era illuminata da una fila di lampade a soffitto
the hall was lit up by a row of ceiling lamps
C'erano porte tutt'intorno alla sala
There were doors all around the hall
ma tutte le porte erano chiuse a chiave
but all the doors were locked
Camminò lungo un lato del corridoio

she walked all the way down one side of the hall
e lei aveva camminato fino all'altro lato del corridoio
and she had walked all the way up the other side of the hall
Aveva provato ogni porta
she had tried every door
e camminò triste in mezzo al corridoio
and she walked sadly down the middle of the hall
"Come farò mai a uscirne di nuovo?"
"how am I ever going to get out again?"

All'improvviso si imbatté in un tavolino
Suddenly she came upon a little table
Il tavolo è stato realizzato interamente in vetro massiccio
the table was made entirely of solid glass
Sul tavolo non c'era altro che una minuscola chiave d'oro
There was nothing on the table but a tiny golden key

La chiave potrebbe appartenere a una delle porte!
the key might belong to one of the doors!
Ma, ahimè! Alcune serrature erano troppo grandi per le chiavi
but, alas! some of the locks were too large for the keys
e per le altre serrature la chiave era troppo piccola
and for the other locks the key was too small
ma, in ogni caso, la chiave non aprì nessuna delle porte
but, at any rate, the key opened none of the doors
ma che cosa doveva fare?
but what was she to do?
Attraversò di nuovo il corridoio
she went through the hall again
e questa volta notò una tenda bassa
and this time she noticed a low curtain
Dietro la tenda c'era una porticina
behind the curtain was a little door
La porta era alta circa quindici pollici
the door was about fifteen inches high
Provò la piccola chiave d'oro nella serratura
She tried the little golden key in the lock
e con sua grande gioia, la chiave entrò nella serratura!
and to her great delight, the key fit in the lock!
Alice aprì la porta
Alice opened the door
e scoprì che la porta dava su un piccolo corridoio
and she found the door led into a small corridor
Il corridoio non era molto più grande di una tana di topi
the corridor was not much larger than a rat-hole
Si inginocchiò e guardò lungo il corridoio
she knelt down and looked along the corridor
e ha visto il giardino più bello che tu abbia mai visto
and she saw the loveliest garden you have ever seen
Quanto desiderava uscire da quella sala buia
how she longed to get out of that dark hall
come voleva vagare tra quei fiori luminosi
how she wanted to wander among those bright flowers

quanto erano fresche e rinfrescanti quelle fontane
how cool refreshing those fountains looked
ma non riusciva nemmeno a far passare la testa attraverso la porta
but she could not even get her head through the doorway
«Oh», disse Alice, tristemente
"Oh," said Alice, mournfully
"come vorrei potermi piegare come un telescopio!"
"how I wish I could fold up like a telescope!"
"Penso che potrei ripiegarmi come un telescopio"
"I think I could fold up like a telescope"
"se solo sapessi cominciare"
"if I only knew how to begin"
Alice tornò al tavolo
Alice went back to the table
c'era la possibilità di trovare un'altra chiave
there was the chance of finding another key
o potrebbe esserci un libro di regole
or there might be a book of rules
Il libro potrebbe dirle come piegarsi come un telescopio
the book could tell her how to fold up like a telescope
Questa volta trovò una bottiglietta
This time she found a little bottle
«Questa bottiglia non c'era certo prima», disse Alice
"this bottle certainly was not here before," said Alice
e legata al collo della bottiglia c'era un'etichetta di carta
and tied around the neck of the bottle was a paper label
L'etichetta era splendidamente stampata a grandi lettere
the label was beautifully printed in large letters
"BEVIMI"
"DRINK ME"
"No, guarderò prima", ha detto
"No, I'll look first," she said
"Vedrò se la bottiglia è contrassegnata come velenosa o no,"
"I'll see whether the bottle is marked as poisonous or not,"
perché non ha mai dimenticato la lezione sul veleno
because she never forgot the lesson about poison

"Se una bottiglia è etichettata come velenosa, è inevitabile che non sia d'accordo con te"

"if a bottle is labelled poisonous, it's bound to disagree with you"

Tuttavia, questa bottiglia non è stata contrassegnata come velenosa

However, this bottle was not marked as poisonous

così Alice si avventurò ad assaggiare il contenuto della bottiglia

so Alice ventured to taste the content of the bottle

Trovò il liquido di suo gradimento

she found the liquid quite to her liking

La bevanda aveva una sorta di sapore misto

the drink had a sort of mixed flavour

Crostata di ciliegie, crema pasticcera e ananas

cherry-tart, custard, and pineapple

Arrosto di tacchino, toffee e toast con burro caldo

roast turkey, toffee, and toast with hot butter

e presto finì la bottiglia

and she soon finished off the bottle

«Che strana sensazione!» disse Alice

"What a curious feeling!" said Alice

"Mi sto ripiegando come un telescopio!"

"I am folding up like a telescope!"

E si stava ripiegando come un telescopio!

And she was folding up like a telescope indeed!

Ora era alta solo dieci pollici

She was now only ten inches high

e il suo viso si illuminò al pensiero

and her face brightened up at her thoughts

ora era della misura giusta per la porticina

now she was the the right size for the little door

ora poteva entrare in quel bel giardino

now she could go into that lovely garden

Presto smise di rimpicciolirsi

soon she stopped getting smaller

Decise di andare subito in giardino

she decided on going into the garden at once
ma, ahimè per la povera Alice!
but, alas for poor Alice!
Lei è arrivata alla porta
she got to the door
ma aveva dimenticato la piccola chiave d'oro
but she had forgotten the little golden key
Tornò al tavolo per prendere la chiave
she went back to the table for the key
ma scoprì che non poteva arrivare abbastanza in alto
but she found she could not reach high enough
Poteva vedere la chiave abbastanza chiaramente attraverso il vetro
she could see the key quite plainly through the glass
Cercò di arrampicarsi sulle gambe del tavolo
she tried to climb up the legs of the table
ma il vetro era troppo scivoloso
but the glass was far too slippery
Alla fine si stancò di provare
eventually she tired herself out with trying
E la povera bambina si sedette e pianse
and the poor little girl sat down and cried
Alice parlava a se stessa in modo piuttosto aspro
Alice spoke to herself rather sharply
"Vieni, è inutile piangere così!"
"Come, there's no use in crying like that!"
"Ti consiglio di fermarti proprio in questo momento!"
"I advise you to stop right this minute!"
In genere si dava ottimi consigli
She generally gave herself very good advice
anche se molto raramente seguiva il suo consiglio
though she very seldom followed her own advice
e a volte era troppo dura con se stessa
and she sometimes was too harsh on herself
e le sue parole le fecero venire le lacrime agli occhi
and her words brought tears into her eyes
Presto il suo occhio cadde su una piccola scatola di vetro

Soon her eye fell upon a little glass box
La scatoletta di vetro giaceva sotto il tavolo
the little glass box was lying under the table
Nella scatola di vetro c'era una torta molto piccola
in the glass box was a very small cake
Sulla torta alcune parole erano scritte magnificamente
on the cake some words were beautifully written
le parole erano state segnate in ribes
the words had been marked in currants
"MANGIAMI"
"EAT ME"
«Ebbene, mangerò la torta», disse Alice
"Well, I'll eat the cake," said Alice
"e se la torta mi fa ingrandire, posso raggiungere la chiave"
"and if the cake makes me grow larger, I can reach the key"
"e se la torta mi fa rimpicciolire, posso infilarmi sotto la porta"
"and if the cake makes me grow smaller, I can creep under the door"
"quindi in ogni caso entrerò in giardino"
"so either way I'll get into the garden"
"e non mi interessa quale dei due accada!"
"and I don't care which of the two happens!"
Ha mangiato un po' della torta
She ate a little bit of the cake
e parlava ansiosamente a se stessa:
and she anxiously spoke to herself:
"Da che parte? Da che parte?"
"Which way? Which way?"
e si tenne la mano sul capo
and she held her hand on her head
Voleva sentire in che modo stava crescendo
she wanted to feel which way she was growing
Era piuttosto sorpresa di scoprire cosa era successo
she was quite surprised to find what had happened
Era rimasta della stessa taglia!
she had remained the same size!

Così questa volta raddoppiò i suoi sforzi
so this time she doubled her efforts
e presto finì tutta la torta
and soon she finished off the whole cake

La pozza di lacrime
The Pool of Tears
«La cosa si fa sempre più interessante!» esclamò Alice
"This is getting more and more interesting!" cried Alice
Si vede che era molto sorpresa
You can see she was very surprised
"Mi sto aprendo come il più grande telescopio che ci sia mai stato!"
"I'm opening out like the largest telescope there ever was!"
«Addio, piedi! Oh, miei poveri piedini"
"Good-bye, feet! Oh, my poor little feet"
«Mi chiedo chi vi metterà le scarpe per voi, adesso, miei cari?»
"I wonder who will put on your shoes for you now, dears?"
«e mi chiedo chi ti metterà le calze?»
"and I wonder who will put on your stockings?"
"Sarò molto troppo lontano"
"I shall be a great deal too far away"
"Non potrò più preoccuparmi di te"
"I won't be able trouble myself about you anymore"
Proprio in quel momento la sua testa urtò contro qualcosa
Just at this moment her head struck against something
Aveva raggiunto il tetto della sala
she had reached the roof of the hall
infatti, ora era alta più di due metri
in fact, she was now more than two meters tall
e subito prese la piccola chiave d'oro
and she at once took up the little golden key
e si affrettò verso la porta del giardino
and she hurried off to the garden door
Povera Alice! Non c'era molto che potesse fare
Poor Alice! There was not much she could do
si sdraiò su un fianco
she laid down on one side
e guardò attraverso il giardino con un occhio solo
and she looked through into the garden with one eye
ma farcela era più disperato che mai

but to get through was more hopeless than ever
Si sedette e ricominciò a piangere
She sat down and began to cry again
Ha continuato a versare litri di lacrime
She went on shedding gallons of tears
Ben presto ci fu una grande piscina tutt'intorno a lei
soon there was a large pool all around her
e l'acqua arrivò a metà del corridoio
and the water reached half-way down the hall
Dopo un po', sentì un piccolo picchiettio di piedi
After a time, she heard a little pattering of feet
Sentì i piedi venire da lontano
she heard the feet coming from the distance
e si asciugò in fretta gli occhi per vedere cosa stava per succedere
and she hastily dried her eyes to see what was coming
Era il Bianconiglio che tornava
It was the White Rabbit returning
era vestito splendidamente
he was splendidly dressed
Aveva un paio di guanti bianchi in una mano
he had a pair of white gloves in one hand
e nell'altra mano aveva un grande ventaglio di piume
and he had a large feather fan in the other hand
Venne trotterellando in gran fretta
He came trotting along in a great hurry
e mormorò tra sé: "Oh! la duchessa, la duchessa!"
and he muttered to himself, "Oh! the Duchess, the Duchess!"
«Oh! non sarà selvaggia se l'ho fatta aspettare!»
"Oh! won't she be savage if I've kept her waiting!"

Quando il Coniglio le si avvicinò, Alice parlò
When the Rabbit came near her, Alice spoke
ma parlava con voce bassa e timida
but she spoke in a low, timid voice
"Signore, per favore smettila di fare quello che stai facendo per un momento"
"sir, please stop what you're doing for one moment"
Il Coniglio trasalì violentemente
The Rabbit startled violently
Lasciò cadere i guanti bianchi e il ventaglio di piume
he dropped the white gloves and the feather fan
e si affrettò via nell'oscurità più in fretta che poté
and he scurried away into the darkness as fast as he could
Alice prese il ventaglio di piume e i guanti
Alice picked up the feather fan and gloves
e continuava a sventolarsi mentre continuava a parlare
and she kept fanning herself while she kept talking
«Caro, caro! Com'è strano tutto oggi!"
"Dear, dear! How strange everything is today!"

"Ieri le cose sono andate avanti come al solito"
"yesterday things went on just as usual"
«Ero lo stesso quando mi sono alzato stamattina?»
"Was I the same when I got up this morning?"
"Ma se non sono lo stesso, c'è un'altra domanda"
"But if I'm not the same, there is another question"
"Chi diavolo sono io?"
"Who in the world am I?"
"Ah, questo è il grande enigma!"
"Ah, that's the great puzzle!"
Mentre diceva questo, si guardò le mani
As she said this, she looked down at her hands
Indossava uno dei piccoli guanti bianchi dei conigli
she was wearing one of the rabbits little white gloves
Non si era accorta di aver indossato il guanto mentre parlava
she hadn't noticed she put the glove on while talking
«Come ho potuto farlo?» pensò
"How can I have done that?" she thought
"Devo diventare di nuovo piccolo"
"I must be growing small again"
Si alzò e andò al tavolo per misurare la sua altezza
She got up and went to the table to measure her height
Scoprì che ora era alta circa mezzo metro
she found that she was now about half a meter tall
e si stava ancora rimpicciolendo rapidamente
and she was still shrinking rapidly
Presto scoprì qual era la causa del restringimento
She soon found out what the cause of the shrinking was
Il ventaglio di piume la stava rendendo di nuovo più piccola!
the feather fan was making her smaller again!
e lasciò cadere in fretta il ventaglio di piume
and she dropped the feather fan hastily
Lasciò cadere il ventaglio di piume appena in tempo per salvarsi
she dropped the feather fan just in time to save herself
Se si fosse sventolata più a lungo, si sarebbe ritirata

completamente
had she fanned herself any longer she would have shrunk away entirely
«È stata una fuga per un pelo!» disse Alice
"That was a narrow escape!" said Alice
e fu molto spaventata dall'improvviso cambiamento
and she was a good deal frightened at the sudden change
ma era molto contenta di ritrovarsi ancora in vita
but she was very glad to find herself still in existence
«E ora, via in giardino!»
"And now, off to the garden!"
E corse in tutta fretta verso la porticina
And she ran with all speed back to the little door
Ma, ahimè! La porticina fu chiusa di nuovo
but, alas! the little door was shut again
e la chiavetta d'oro giaceva di nuovo sul tavolo di vetro
and the little golden key was lying on the glass table again
"Le cose vanno peggio che mai," pensò la povera bambina
"Things are worse than ever," thought the poor child
"Non sono mai stato così piccolo prima, mai!"
"I never was so small as this before, never!"
Mentre pronunciava queste parole, il suo piede scivolò
As she said these words, her foot slipped
e in un altro momento c'è stato un grande tonfo!
and in another moment there was a great splash!
Era immersa nell'acqua salata fino al mento
she was up to her chin in salt-water
La sua prima idea fu che in qualche modo fosse caduta in mare
Her first idea was that she had somehow fallen into the sea
Tuttavia, si rese presto conto di cosa si trovava
However, she soon realized what she was in
Era in una pozza di lacrime
she was in a pool of tears
le lacrime che aveva pianto quando era alta due metri
the tears she had wept when she was two meters tall

Proprio in quel momento sentì qualcosa
Just then she heard something
Qualcosa sguazzava in piscina
something was splashing about in the pool
Gli schizzi provenivano da un po' lontano
the splashing came from a little way off
e nuotò più vicino per vedere cosa fossero gli schizzi
and she swam nearer to see what the splashing was
Ben presto vide che era solo un topolino
she soon saw that it was only a little mouse
Anche il topolino era scivolato in acqua
the little mouse had slipped in to the water too
Alice pensò tra sé e sé alla situazione
Alice thought to herself about the situation
«Sarebbe utile parlare con questo topo?»
"Would it be of any use to speak to this mouse?"
"Tutto è così sottosopra quaggiù"
"Everything is so up-side-down down here"
"Dovrei pensare che molto probabilmente questo topo può

parlare"
"I should think very likely this mouse can talk"
"In ogni caso, non c'è nulla di male a provarci"
"at any rate, there's no harm in trying"
Così iniziò a cercare di parlare con il topo
So she began trying to talk to the mouse
"Oh Mouse, conosci la via d'uscita da questa piscina?"
"Oh Mouse, do you know the way out of this pool?"
«Sono molto stanco di nuotare qui, Oh Topo!»
"I am very tired of swimming about here, Oh Mouse!"
Il topo la guardò con aria piuttosto curiosa
The mouse looked at her rather inquisitively
Il topo sembrava strizzare l'occhio con uno dei suoi occhietti
the mouse seemed to wink with one of its little eyes
ma il topolino non disse nulla
but the little mouse said nothing
«Forse il topo non capisce l'inglese», pensò Alice
"Perhaps the mouse doesn't understand English," thought
Alice
"Oserei dire che è un topo francese"
"I dare say it's a French mouse"
"forse questo topo è venuto con Guglielmo il Conquistatore"
"perhaps this mouse came over with William the Conqueror"
Così ricominciò, in francese
So she began again, in French
"Dov'è il mio gatto?" chiese in francese
"Where is my cat?" she asked in French
era la prima frase del suo libro di lezioni di francese
it was the first sentence in her French lesson-book
Il Topo fece un balzo improvviso fuori dall'acqua
The Mouse gave a sudden leap out of the water
e il topo sembrava tremare tutto per lo spavento
and the mouse seemed to quiver all over with fright
«Oh, vi chiedo scusa!» esclamò Alice in fretta
"Oh, I beg your pardon!" cried Alice hastily
Aveva paura di aver ferito i sentimenti del povero animale
she was afraid that she had hurt the poor animal's feelings

"Dimenticavo che non ti piacevano i gatti"

"I quite forgot you didn't like cats"

«Non mi piacciono i gatti!» esclamò il Topo con voce stridula e appassionata

"I don't like cats!" cried the Mouse in a shrill, passionate voice

"Ti piacerebbero i gatti, se fossi in me?"

"Would you like cats, if you were me?"

Alice confortò il topo con un tono rassicurante

Alice comforted the mouse in a soothing tone

"Beh, forse non mi piacerebbero nemmeno i gatti se fossi in te"

"Well, perhaps I would not like cats if I were you either"

"Per favore, non arrabbiatevi per la menzione dei gatti"

"please don't be angry about the mention of cats"

"Eppure vorrei poterti mostrare la nostra gatta Dinah"

"And yet I wish I could show you our cat Dinah"

"Se la incontrassi penso che ti invagheresti dei gatti"

"if you met her I think you'd take a fancy to cats"

"Se solo potessi vederla"

"if you could only see her"

"È una cosa così cara e tranquilla"

"She is such a dear, quiet thing"

Il topo tremava dappertutto

The mouse was shaking all over

Alice era certa che il topo si fosse davvero offeso

Alice felt certain the mouse must be really offended

"Non parleremo più di lei, se preferisci di no"

"We won't talk about her any more, if you'd rather not"

«Noi, davvero!» gridò il Topo

"We, indeed!" cried the Mouse

Il topo tremava fino alla fine della coda

the mouse was trembling down to the end of its tail

«Come se dovessi parlare di un argomento del genere!»

"As if I would talk on such a subject!"

"La nostra famiglia ha sempre odiato i gatti"

"Our family always hated cats"

"gatti; cose brutte, basse, volgari!"

"cats; nasty, low, vulgar things!"
"Non farmi sentire di nuovo quel nome!"
"Don't let me hear the name again!"
«Non parlerò più di gatti!» disse Alice
"I won't mention cats again indeed!" said Alice
Aveva una gran fretta di cambiare argomento
she was in a great hurry to change the subject
"Sei... Ti piacciono i cani?"
"Are you... are you fond of dogs?"
"C'è un cagnolino così simpatico vicino a casa nostra,"
"There is such a nice little dog near our house,"
"Vorrei mostrarti il cagnolino!"
"I should like to show you the little dog!"
"Questo cagnolino uccide tutti i topi e...
"this little dog kills all the rats and...
«Oh, mio Dio!» esclamò Alice in tono addolorato
"oh, dear!" cried Alice in a sorrowful tone
«Temo di averti offeso di nuovo!»
"I'm afraid I've offended you again!"
Il topo nuotava via da lei il più velocemente possibile
the mouse was swimming away from her as fast as it could go
e il topo fece un bel trambusto in piscina
and the mouse made quite a commotion in the pool
Così chiamò dolcemente il topo
So she called softly after the mouse
"Mio caro topo, per favore torna indietro!"
"my dear mouse, please come back!"
"E non parleremo di gatti"
"and we won't talk about cats"
"E non dobbiamo nemmeno parlare di cani"
"and we don't have to talk about dogs either"
Quando il topo sentì ciò, si voltò
When the mouse heard this, it turned around
e il topolino nuotò lentamente verso di lei
and the little mouse swam slowly back to her
Il viso del topo era piuttosto pallido
the mouse's face was quite pale

e il topo parlò, con voce bassa e tremante
and the mouse spoke, in a low, trembling voice
"Arriviamo alla riva"
"Let us get to the shore"
"e poi ti racconto la mia storia"
"and then I'll tell you my history"
"e capirai perché odio cani e gatti"
"and you'll understand why it is I hate cats and dogs"
Era giunto il momento di partire
It had become high time to go
perché la piscina stava diventando piuttosto affollata
because the pool was getting quite crowded
Altri uccelli e animali erano caduti nella piscina
other birds and animals had fallen into the pool
c'erano un Duck e un Dodo
there were a Duck and a Dodo
e c'erano un uccello Lori e un Aquilotto
and there was a Lory bird and an Eaglet
E c'erano molte altre creature dall'aspetto interessante
and there were several other interesting looking creatures
Alice aprì la via d'uscita dalla piscina
Alice led the way out the pool
e l'intero gruppo di animali nuotò fino alla riva
and the whole party of animals swam to the shore

Una corsa al caucus e una lunga coda
A caucus race and a long tail
Erano davvero un gruppo di animali dall'aspetto buffo
They were indeed a funny-looking bunch of animals
e tutti si radunarono sulla riva dell'acqua
and they all assembled on the water's bank
gli uccelli avevano tutti le piume arruffate
the birds all had bedraggled feathers
e gli animali pelosi erano fradici
and the furry animals were soaked through
e tutti gocciolavano bagnati, infastiditi e a disagio
and all were dripping wet, annoyed and uncomfortable

C'era una domanda a cui bisognava rispondere per prima
there was one question that had to be answered first
Qual è il modo migliore per tutti di asciugarsi?
what is the best way for everyone to get dry?
Hanno avuto una consultazione su questa questione
They had a consultation about this matter
Ben presto furono tutti in rapporti familiari
soon they were all on familiar terms
Era come se li conoscesse da tutta la vita
it was as if she had known them all her life
Il topo sembrava essere una persona di una certa autorità

the mouse seemed to be a person of some authority
"Sedetevi, tutti voi, e ascoltatemi!
"Sit down, all of you, and listen to me!
"Presto vi farò asciugare di nuovo!"
"I'll soon make you all dry again!"
Si sedettero tutti insieme, in un grande cerchio
They all sat down at once, in a large ring
e il topolino si sedette nel mezzo
and the little mouse sat in the middle
«Ehm!» disse il topo con aria importante
"Ahem!" said the mouse with an important air
"Siete tutti pronti?"
"Are you all ready?"
"Questa è la cosa più secca che conosca"
"This is the driest thing I know"
«Silenzio tutto intorno, per favore!»
"Silence all around, if you please!"
"Guglielmo il Conquistatore fu favorito dal papa"
"William the Conqueror was favoured by the pope"
"ma fu presto sottomesso dagli inglesi"
"but he was soon submitted to by the English"
"Volevano leader negli ultimi tempi"
"they wanted leaders of late"
"Ed erano abituati al potere e alla conquista"
"and they had been accustomed to power and conquest"
"Edwin e Morcar, i conti di Mercia e Northumbria"
"Edwin and Morcar, the Earls of Mercia and Northumbria"
«Uffa!» disse l'uccello lori, con un brivido
"Ugh!" said the lori bird, with a shiver
"e persino Stigand, l'arcivescovo patriottico di Canterbury"
"and even Stigand, the patriotic archbishop of Canterbury"
"Anche lui lo trovò consigliabile"
"he also found it advisable"
«Che cosa ha trovato consigliabile?» disse l'anatra
"What did he find advisable?" said the duck
«L'ha trovato consigliabile» rispose il topo piuttosto irritato
"He found it advisable" the mouse replied rather crossly

ma l'anatra non era soddisfatta
but the duck was not satisfied
"Certo, sai cosa significa 'esso'"
"of course, you know what 'it' means"
«So cos'è quando trovo una cosa», disse l'anatra
"I know what 'it' is when I find a thing," said the duck
"Generalmente è una rana o un verme"
"it's generally a frog or a worm"
"La domanda è: cosa ha trovato l'arcivescovo?"
"The question is, what did the archbishop find?"
Il topo non si è accorto di questa domanda
The mouse did not notice this question
Invece, il topo proseguì in fretta con il discorso
instead, the mouse hurriedly went on with the speech
"ha trovato consigliabile andare con Edgar Atheling"
"he found it advisable to go with Edgar Atheling"
"per incontrare Guglielmo e offrirgli la corona"
"to meet William and offer him the crown"
il topo continuò, voltandosi verso Alice mentre parlava
the mouse continued, turning to Alice as it spoke
«Come te la cavi adesso, mia cara?»
"How are you getting on now, my dear?"
«Bagnata come sempre», disse Alice in tono malinconico
"As wet as ever," said Alice in a melancholy tone
"Questa storia non sembra asciugarmi affatto"
"this story doesn't seem to dry me at all"
«In tal caso», disse solennemente il dodo, alzandosi in piedi
"In that case," said the dodo solemnly, rising to its feet
"Voto per l'aggiornamento della riunione"
"I vote that the meeting be adjourned"
"e propongo l'adozione immediata di rimedi più energici"
"and I propose an immediate adoption of more energetic
remedies"
"Dì parole vere!" disse l'aquilotto
"Speak real words!" said the eaglet
"Non conosco il significato di metà di quelle lunghe parole"
"I don't know the meaning of half of those long words"

«e, per di più, non credo che lo sappiate nemmeno voi!»
"and, what's more, I don't believe you know either!"
«Quello che stavo per dire» disse il dodo in tono offeso
"What I was going to say," said the dodo in an offended tone
"La cosa migliore per farci asciugare sarebbe una gara di caucus"
"the best thing to get us dry would be a caucus-race"
«Che cos'è una corsa al caucus?» chiese Alice
"What is a caucus-race?" said Alice

"Beh," disse il dodo, "il modo migliore per spiegarlo è farlo."
"Well," said the dodo, "the best way to explain it is to do it"
"Per prima cosa il dodo ha tracciato un percorso di gara"
"First the dodo marked out a race-course"
"La pista era in una sorta di cerchio"
"the track was in a sort of circle"
"e poi tutto il gruppo è stato posizionato lungo il percorso"
"and then all the party were placed along the course"
Non c'era nessun "Uno, due, tre e via!"
There was no "One, two, three and away!"
ma hanno iniziato a correre quando gli piaceva
but they began running when they liked
e finivano anche quando volevano
and they also finished when they liked
Quindi non era facile sapere quando la gara era finita

so it was not easy to know when the race was over
Dopo circa mezz'ora di corsa erano tutti abbastanza asciutti
after half an hour or so of running they were all quite dry
il dodo gridò all'improvviso: "La gara è finita!"
the dodo suddenly called out, "The race is over!"
e tutti si affollarono intorno al dodo
and they all crowded around the dodo
Tutti gli animali ansimavano e sbuffavano
all the animals were panting and puffing
e tutti volevano sapere: "Ma chi ha vinto?".
and they all wanted to know, "But who has won?"
A questa domanda il dodo non seppe rispondere immediatamente
This question the dodo could not immediately answer
Prima dovette riflettere molto
first he had to do a great deal of thinking
Dopo aver riflettuto a lungo, il Dodo finalmente parlò
after much thinking, the dodo finally spoke
"Tutti hanno vinto, e tutti devono avere dei premi"
"Everybody has won, and all must have prizes"
«Ma chi darà i premi?» chiese un coro di voci
"But who is to give the prizes?" asked a chorus of voices
«Beh, lei, naturalmente» disse il dodo
"Well, she, of course," said the dodo
e il dodo indicò con un dito Alice
and the dodo pointed with one finger to Alice
e tutta la comitiva di animali si affollava intorno a lei
and the whole party of animals crowded around her
gridarono, in modo confuso: "Premi! Premi!"
they called out, in a confused way, "Prizes! Prizes!"
Alice non aveva idea di cosa fare
Alice had no idea what to do
disperata si mise la mano in tasca
in despair she put her hand into her pocket
e tirò fuori una scatola di dolci
and she pulled out a box of sweets
per fortuna l'acqua salata non era entrata nella scatola

luckily the salt-water had not got into the box
e porse i dolci in giro come premi
and she handed the sweets around as prizes
C'era esattamente un pezzo per tutti
There was exactly one piece for everyone
La prossima cosa che dovevano fare era mangiare i dolci
The next thing they had to do was to eat the sweets
Questo ha causato un po' di rumore e confusione
this caused some noise and confusion
I grandi uccelli si lamentavano di non poter assaggiare i loro dolci
the large birds complained that they could not taste their sweets
I piccoli si soffocavano e dovevano essere accarezzati sulla schiena
the small ones choked and had to be patted on the back
Tuttavia, alla fine era finita
However, it was over at last
e si sedettero di nuovo in cerchio
and they sat down again in a ring
e pregarono il topo di dire loro qualcosa di più
and they begged the mouse to tell them something more
«Mi hai promesso di raccontarmi la tua storia, lo sai», disse Alice
"You promised to tell me your history, you know," said Alice
E fece un'altra piccola osservazione sui gatti in un sussurro
and she made another little remark about cats in a whisper
Non voleva offendere di nuovo il topo
she didn't want to offend the mouse again
il topolino si voltò verso Alice e sospirò
the little mouse turned to Alice and sighed
"La mia è una storia lunga e triste!"
"Mine is a long and a sad tale!"
«È una lunga coda, certamente» disse Alice
"It is a long tail, certainly," said Alice
E guardò con meraviglia la coda del topo
and she looked down with wonder at the mouse's tail

"Ma perché la chiami coda triste?"
"but why do you call it a sad tail?"
E continuava a chiedersi mentre il topo parlava
And she kept on puzzling about it while the mouse was
speaking
così che la sua idea del racconto era qualcosa del genere
so that her idea of the tale was something like this

<pre>
              "Fury said to
              a mouse, That
              he met in the
              house, 'Let
              us both go
              to law: I
              will prosecute
              you.—
              Come, I'll
              take no denial:
          We must have
          the trial;
            For really
          this morning
        I've
        nothing
        to do.'
            Said the
              mouse to
              the cur,
                'Such a
                trial, dear
                sir, With
                    no jury
                    or judge,
                    would
                    be wasting
                  our
                breath.'
              'I'll be
              judge,
          I'll be
          jury,'
        said
        cunning
        old
          Fury;
            'I'll
            try
              the
                whole
                  cause,
                  and
                condemn
                you to
        death.'"
</pre>

Furia disse a un topo: "Che si è incontrato in casa"
Fury said to a mouse, That he met in the house"
Andiamo entrambi in tribunale: ti perseguirò
Let us both go to law: I will prosecute you
Vieni, non accetterò alcuna negazione: dobbiamo avere il

processo
Come, I'll take no denial: We must have the trial
Perché davvero stamattina non ho niente da fare
For really this morning I've nothing to do
Disse il topo al maledetto;
Said the mouse to the cur;
Un processo del genere, caro signore, senza giuria o giudice,
ci farebbe perdere il fiato
Such a trial, dear sir, With no jury or judge, would be wasting
our breath
«Sarò giudice, sarò giuria» disse l'astuto vecchio Fury
"I'll be judge, I'll be jury," said cunning old Fury
Proverò tutta la causa e ti condannerò a morte
I'll try the whole cause, and condemn you to death
il topo parlò severamente ad Alice
the mouse spoke severely to Alice
"Non stai prestando attenzione!"
"You are not paying attention!"
"A cosa stai pensando?"
"What are you thinking of?"
«Vi chiedo scusa», disse Alice molto umilmente
"I beg your pardon," said Alice very humbly
«Eri arrivato alla quinta curva, credo?»
"you had got to the fifth bend, I think?"
"Mi insulti dicendo queste sciocchezze!"
"You insult me by talking such nonsense!"
e il topo si alzò e se ne andò
and the mouse got up and walked away
Alice chiamò il topolino
Alice called after the little mouse
"Per favore, torna e finisci la tua storia!"
"Please come back and finish your story!"
E gli altri si unirono tutti in coro
And the others all joined in chorus
"Sì, per favore, finisci la tua storia!"
"Yes, please do finish your story!"
Ma il topo scosse la testa con impazienza

But the mouse only shook its head impatiently
e il topolino camminò un po' più in fretta
and the little mouse walked a little quicker
«Vorrei avere qui Dinah, la nostra gatta!» disse Alice
"I wish I had Dinah, our cat, here!" said Alice
Ciò causò una notevole sensazione tra il partito
This caused a remarkable sensation among the party
Alcuni uccelli si affrettarono ad andarsene subito
Some of the birds hurried off at once
e un canarino chiamò con voce tremante i suoi figli;
and a Canary called out in a trembling voice, to its children;
"Venite via, miei cari!"
"Come away, my dears!"
"È giunto il momento che siate tutti a letto!"
"It's high time you were all in bed!"
con varie scuse se ne andarono tutti
with various excuses they all went away
e Alice fu presto lasciata sola
and Alice was soon left alone
«Vorrei non aver menzionato Dinah!»
"I wish I hadn't mentioned Dinah!"
"Sembra che non piaccia a nessuno quaggiù"
"Nobody seems to like her down here"
"ma sono sicuro che è il miglior gatto del mondo!"
"but I'm sure she's the best cat in the world!"
La povera Alice ricominciò a piangere
Poor Alice began to cry again
perché si sentiva molto sola e di cattivo umore
because she felt very lonely and low-spirited
Dopo un po', però, sentì di nuovo qualcosa
In a little while, however, she again heard something
un piccolo scalpiccio di passi in lontananza
a little pattering of footsteps in the distance
e alzò gli occhi con impazienza
and she looked up eagerly

Il coniglio manda dentro il piccolo Mr Bill
The rabbit sends in little Mr Bill

Era il coniglio bianco, che trotterellava lentamente di nuovo indietro
It was the white rabbit,trotting slowly back again
Si guardava intorno ansiosamente mentre se ne andava
he was looking about anxiously as he went
sembrava che avesse perso qualcosa
he looked as if he had lost something
Alice lo sentì borbottare tra sé e sé
Alice heard him muttering to himself
"La duchessa! La Duchessa! Oh, mie care zampe!"
"The Duchess! The Duchess! Oh, my dear paws!"
"Oh, la mia pelliccia e i miei baffi!"
"Oh, my fur and whiskers!"
"Mi farà giustiziare, ne sono sicuro"
"She'll get me executed, I'm sure of that"
"Proprio come i furetti sono furetti!"
"just as sure as ferrets are ferrets!"

«Dove posso aver lasciato cadere le mie cose, mi chiedo?»
"Where can I have dropped my things, I wonder?"
Alice indovinò in un attimo cosa stava cercando
Alice guessed in a moment what he was looking for
Stava cercando il ventaglio di piume
he was looking for the feather fan
e stava cercando il paio di guanti bianchi
and he was looking for the pair of white gloves
Così si mise molto bonariamente a cercare i guanti
so she very good-naturedly began looking for the gloves
e anche lei cercò il ventaglio di piume
and she looked for the feather fan too
Ma i guanti e il ventaglio di piume non si vedevano da nessuna parte
but the gloves and feather fan were nowhere to be seen
Tutto sembrava essere cambiato da quando aveva nuotato in piscina
everything seemed to have changed since her swim in the pool
Niente era più lo stesso da quando era stata nella Sala Grande
nothing was the same since she had been in the great hall
e il tavolo di vetro era svanito
and the glass table had vanished
E nemmeno la porticina c'era
and the little door wasn't there either
Ben presto il coniglio notò Alice
Very soon the rabbit noticed Alice
La chiamò in tono arrabbiato
he called to her in an angry tone
"Mary Ann, cosa ci fai qui?"
"Mary Ann, what are you doing out here?"
«Corri a casa in questo momento"
"Run home this moment"
"E portami un paio di guanti e un ventaglio di piume!"
"and fetch me a pair of gloves and a feather fan!"
"E fai in fretta!"
"and be quick about it!"

Alice parlava a se stessa mentre correva via
Alice spoke to herself as she ran off
«Deve avermi scambiata per la sua cameriera!»
"He must have mistaken me for his housemaid!"
«Come sarà sorpreso quando scoprirà chi sono!»
"How surprised he'll be when he finds out who I am!"
Mentre diceva questo, si imbatté in una casetta ordinata
As she said this, she came upon a neat little house
Sulla porta della casa c'era una targa di ottone lucido
on the door of the house was a bright brass plate
"W. CONIGLIO"
"W. RABBIT"
Entrò senza bussare alla porta
She went in without knocking on the door
e si affrettò a salire le scale
and she hurried straight upstairs
era preoccupata di poter incontrare la vera Mary Ann
she worried that she might meet the real Mary Ann
perché allora sarebbe stata cacciata di casa
because then she would be turned out of the house
**E non sarebbe stata in grado di trovare il ventaglio di piume
e i guanti**
and she wouldn't be able to find the feather fan and gloves
Alice aveva trovato la strada in una stanzetta ordinata
Alice had found her way into a tidy little room
Nella stanza c'era un tavolo vicino alla finestra
in the room was a table by the window
e sul tavolo c'era un ventaglio di piume
and on the table was a feather fan
e c'erano due o tre paia di minuscoli guanti bianchi
and there were two or three pairs of tiny white gloves
Raccolse il ventaglio di piume e un paio di guanti
she picked up the feather fan and a pair of the gloves
e stava per lasciare la stanza
and she was just about to leave the room
ma poi i suoi occhi caddero su una bottiglietta
but then her eyes fell upon a little bottle

Stappò la bottiglia e se la portò alle labbra
She uncorked the bottle and put it to her lips
"Spero davvero che mi faccia crescere di nuovo"
"I do hope it'll make me grow large again"
"Sono stanca di essere una cosa così piccola!"
"I'm tired of being such a tiny little thing!"
Alice aveva bevuto a malapena metà della bottiglia
Alice had hardly drunk half the bottle
La sua testa stava già premendo contro il soffitto
her head was already pressing against the ceiling
E ha dovuto chinarsi
and she had to stoop down
per salvare il suo collo dalla rottura
to save her neck from being broken
Posò in fretta la bottiglia
She hastily put down the bottle
"Basta"
"That's quite enough"
"Spero di non crescere più"
"I hope I don't grow anymore"
Ahimé! Era troppo tardi per augurarlo!
Alas! It was too late to wish that!
Ha continuato a crescere e crescere
She went on growing and growing
e ben presto dovette inginocchiarsi sul pavimento
and very soon she had to kneel down on the floor
e anche allora continuava a crescere
and even then she went on growing
Come ultima risorsa mise un braccio fuori dalla finestra
as a last resource she put one arm out of the window
e mise un piede su per il camino
and she put one foot up the chimney
"Ora non posso più fare, qualunque cosa accada"
"Now I can do no more, whatever happens"
"Che ne sarà di me?"
"What will become of me?"

Alice ha avuto un po' di fortuna
Alice had a spot of luck
La bottiglietta magica aveva avuto tutto il suo effetto
the little magic bottle had had its full effect
e Alice non crebbe più di quanto non fosse
and Alice grew no larger than she was
Dopo qualche minuto sentì una voce fuori
After a few minutes she heard a voice outside
e si fermò ad ascoltare la voce
and she stopped to listen to the voice
«Mary Ann! Mary Ann!» disse la voce
"Mary Ann! Mary Ann!" said the voice
"Portami i miei guanti in questo momento!"
"Fetch me my gloves this moment!"
Poi venne un piccolo picchiettio di piedi sulle scale
Then came a little pattering of feet on the stairs
Alice sapeva che era il coniglio che veniva a cercarla
Alice knew it was the rabbit coming to look for her
e tremò fino a scuotere la casa

and she trembled till she shook the house
Aveva completamente dimenticato quali fossero le sue proporzioni
she quite forgot what her proportions were
Era mille volte più grande del coniglio
she was a thousand times as large as the rabbit
e non aveva motivo di aver paura di un coniglio
and she had no reason to be afraid of a rabbit
Di lì a poco il coniglio si avvicinò alla porta
Presently the rabbit came up to the door
e il coniglietto cercò di aprire la porta
and the little rabbit tried to open the door
La porta iniziò ad aprirsi verso l'interno
the door started to open inwards
ma il gomito di Alice era premuto con forza contro la porta
but Alice's elbow was pressed hard against the door
Quel tentativo si è rivelato un fallimento
that attempt proved a failure
Alice sentì il coniglio parlare da solo
Alice heard the rabbit speak to himself
"Allora vado in giro ed entro dalla finestra"
"Then I'll go around and get in through the window"
«Non lo farai!» pensò Alice
"That you won't!" thought Alice
e aspettò ancora un po'
and she waited a little again
Poco dopo sentì il coniglio proprio sotto la finestra
soon she heard the rabbit just under the window
All'improvviso allargò la mano
she suddenly spread out her hand
e fece uno strappo in aria
and she made a snatch in the air
Non si è impossessata di nulla
She did not get hold of anything
ma sentì un piccolo grido e una caduta
but she heard a little shriek and a fall
e sentì uno schianto di vetri rotti

and she heard a crash of broken glass
Forse il coniglio era caduto
perhaps the rabbit had fallen
forse era in una serra
maybe he was in a green-house
Poi giunse una voce arrabbiata; La voce del coniglio
Next came an angry voice; the rabbit's voice
"Pat, dove sei?"
"Pat, where are you?"
E poi arrivò una voce che non aveva mai sentito prima
And then came a voice she had never heard before
"Vostro onore, sono qui!"
"your honour, I'm here!"
"Sto scavando in cerca di mele"
"I'm digging for apples"
"Ecco! Vieni ad aiutarmi a uscire da questa situazione!"
"Here! Come and help me out of this!"
«Adesso dimmi, Pat, che cosa c'è nella finestra?»
"Now tell me, Pat, what's that in the window?"
"Certo, vostro onore, ve lo dirò"
"Sure, your honour, I will tell you"
"È un braccio che è nella finestra!"
"it's an arm that's in the window!"
"Beh, un braccio non ha nulla da fare lì"
"Well, an arm has no business there"
"Va' e porta via il braccio!"
"go and take the arm away!"
Dopo questo ci fu un lungo silenzio
There was a long silence after this
e Alice sentiva solo sussurri di tanto in tanto
and Alice could only hear whispers now and then
e alla fine allargò di nuovo la mano
and at last she spread out her hand again
e fece un altro strappo in aria
and she made another snatch in the air
Questa volta ci sono state due piccole grida
This time there were two little shrieks

e c'erano altri rumori di vetri rotti
and there was more sounds of broken glass
«Chissà che cosa faranno dopo!» pensò Alice
"I wonder what they'll do next!" thought Alice
"Vorrei che mi tirassero fuori dalla finestra"
"I wish they would pull me out the window"
Ha aspettato un po' di tempo
She waited for some time
ma per un po' non sentì più nulla
but for a while she didn't hear anything more
Alla fine arrivò un rombo di piccole ruote
At last came a rumbling of little wheels
e giunse il suono di un bel po' di voci
and there came the sound of a good many voices
Tutte le voci parlavano tra loro
all the voices were talking together
Riusciva a distinguere alcune delle parole
She could make out some of the words
"Dov'è l'altra scala?"
"Where's the other ladder?"
"Bill ha l'altra scala"
"Bill's got the other ladder"
«Bill, vieni qui!»
"Bill, come here!"
"Il tetto sopporterà il carico?"
"Will the roof bear the load?"
"Chi vuole scendere dal camino?"
"Who wants to go down the chimney?"
«No, non lo farò! Fallo tu!"
"Nay, I shall not! You do it!"
«Ecco, Bill!»
"Here, Bill!"
«Il padrone dice che devi scendere dal camino!»
"The master says you've got to go down the chimney!"
Alice tirò il piede giù per il camino il più possibile
Alice drew her foot as far down the chimney as she could
E poi aspettò di vedere cosa stava per succedere

and then she waited to see what was coming
Sentì un animaletto graffiare e arrampicarsi
she heard a little animal scratching and scrambling
l'animaletto deve essere nel camino
the little animal must be in the chimney
Poi diede un calcio secco
then she gave one sharp kick
E aspettò di vedere cosa sarebbe successo dopo
and she waited to see what would happen next
Sentì un coro generale di voci
she heard a general chorus of voices
«Ecco Bill!» dissero tutti
"There goes Bill!" they all said
Poi sentì la voce del coniglio da sola
then she heard the rabbit's voice alone
"Tu vicino alla siepe, prendilo!"
"You by the hedge, catch him!"
Ci fu un altro momento di silenzio
there was another moment of silence
E poi c'è stata un'altra confusione di voci
and then there was another confusion of voices
"Alza la testa, Brandy"
"Hold up his head, Brandy"
"Attenzione a non soffocarlo"
"be careful not to choke him"
"Che cosa ti è successo?"
"What happened to you?"
Per ultimo arrivò una voce un po' debole e stridula
Last came a little feeble, squeaking voice
"Beh, non so quasi più"
"Well, I hardly know no more"
"grazie a tutti, ora sto meglio"
"thank you all, I'm better now"
"C'è una cosa che riesco a ricordare"
"there is one thing I can remember"
"Qualcosa mi viene addosso come un treno in un tunnel"
"something comes at me like a train in a tunnel"

"e su volo come un razzo del cielo!"
"and up I fly like a sky-rocket!"
Ci sono stati un minuto o due di silenzio
there was a minute or two of silence
e poi ripresero a muoversi
and then they began moving about again
e Alice sentì di nuovo parlare il Coniglio
and Alice heard the Rabbit speak again
"Va bene una carriola, tanto per cominciare"
"A barrowful will do, to begin with"
«Un mucchio di che cosa?» pensò Alice
"A barrowful of what?" thought Alice
Ma non fu tenuta con il fiato sospeso a lungo
But she was not kept in suspense for long
Una pioggia di sassolini entrava dalla finestra
a shower of little pebbles came through the window
e alcuni dei piccoli sassolini la colpirono in faccia
and some of the little pebbles hit her in the face
Alice era sorpresa dai piccoli sassolini
Alice was surprised about the little pebbles
Tutti i sassolini si stavano trasformando in torte
all the little pebbles were turning into cakes
e un'idea brillante le venne in mente
and a bright idea came into her head
"Dovrei mangiare una di queste torte"
"I should eat one of these cakes"
"La torta farà sicuramente qualche cambiamento nella mia taglia"
"cake is sure to make some change in my size"
Così ingoiò una delle torte
So she swallowed one of the cakes
E fu felice di scoprire che cominciò a rimpicciolirsi
and she was delighted to find that she began shrinking
Ben presto fu abbastanza piccola da passare attraverso la porta
soon she was small enough to get through the door
Corse fuori di casa

she ran out of the house
Una folla di animaletti e uccelli aspettava fuori
a crowd of little animals and birds were waiting outside
tutti gli uccellini e gli animali si precipitarono verso Alice
all the little birds and animals rushed at Alice
ma corse via più in fretta che poté
but she ran off as fast as she could
e ben presto si ritrovò al sicuro in un fitto bosco
and soon she found herself safe in a thick wood
Alice vagava per il bosco
Alice wandered about in the woods
E pensò tra sé:
and she thought to herself:
"So cosa devo fare per primo"
"I know what I have to do first"
"prima devo crescere di nuovo alla mia giusta dimensione"
"first I have to grow to my right size again"
"e poi devo trovare la mia strada in quel bel giardino"
"and then I have to find my way into that lovely garden"
"Suppongo che dovrei mangiare o bere qualcosa o quello"
"I suppose I ought to eat or drink something or other"
"ma la domanda è: cosa dovrei mangiare o bere?"
"but the question is what should I eat or drink?"
Alice guardò i fiori intorno a sé
Alice looked all around her at the flowers
e guardò attraverso i fili d'erba
and she looked through the blades of grass
ma non riusciva a vedere nulla da mangiare o da bere
but she could not see anything to eat or drink
niente sembrava la cosa giusta da mangiare o bere
nothing looked like the right thing to eat or drink
C'era un grosso fungo che cresceva vicino a lei
There was a large mushroom growing near her
il fungo era all'incirca della stessa altezza di Alice
the mushroom was about the same height as Alice
Si stiracchiò in punta di piedi
She stretched herself up on tiptoes

e sbirciò oltre il bordo del fungo
and she peeped over the edge of the mushroom
I suoi occhi incontrarono subito gli occhi di un grande bruco blu
her eyes immediately met the eyes of a large blue caterpillar
Il bruco era seduto sulla cima del fungo
the caterpillar was sitting on the top of the mushroom
e il bruco aveva incrociato tutte le braccia
and the caterpillar had crossed all his arms
e lui fumava tranquillamente un lungo narghilè
and he was quietly smoking a long hookah
e non si curava minimamente di nulla
and he took not the smallest notice of anything
e di certo non badava ad Alice
and he certainly didn't pay attention to Alice

Il consiglio di un bruco

Advice from a caterpillar

Alla fine il bruco tolse il narghilè dalla bocca

At last the caterpillar took the hookah out of its mouth

e si rivolse ad Alice con voce languida e assonnata

and he addressed Alice in a languid, sleepy voice

"Chi sei?" disse il bruco

"Who are you?" said the caterpillar

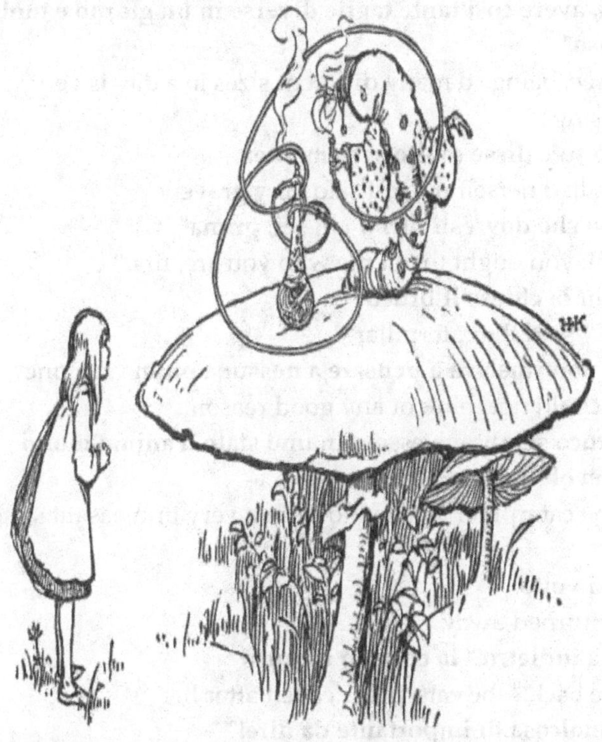

Alice rispose, piuttosto timidamente: "Lo so appena, signore"

Alice replied, rather shyly, "I hardly know, sir"

"Proprio al momento è tutto un po'..."

"just at the moment it's all a bit..."

"So chi ero quando mi sono alzato stamattina""

"I know who I was when I got up this morning""

"ma credo di essere cambiato più volte da allora"

"but I think I must have changed several times since then"

«Che cosa intendi con questo?» disse il bruco
"What do you mean by that?" said the caterpillar
severamente il bruco le chiese di spiegarsi
sternly the caterpillar asked her to explain herself
«Non riesco a spiegarmi, ho paura, signore» disse Alice
"I can't explain myself, I'm afraid, sir," said Alice
"perché non sono me stesso"
"because I'm not myself"
"Vedi, avere così tante taglie diverse in un giorno è molto
confuso"
"you see, being so many different sizes in a day is very
confusing"
Si tirò su e disse molto seriamente:
She pulled herself up and said very gravely:
"Penso che dovresti dirmi chi sei, prima"
"I think you ought to tell me who you are, first"
«Perché?» chiese il bruco
"Why?" said the caterpillar
Alice non riusciva a pensare a nessuna buona ragione
Alice could not think of any good reason
e il bruco sembrava essere in uno stato d'animo molto
sgradevole
and the caterpillar seemed to be in a very unpleasant state of
mind
Così si voltò
so she turned away
"Torna indietro!" la chiamò il bruco
"Come back!" the caterpillar called after her
"Ho qualcosa di importante da dire!"
"I've something important to say!"
Alice si voltò e tornò di nuovo
Alice turned and came back again
"Mantieni la calma," disse il bruco
"Keep your temper," said the caterpillar
«È tutto?» disse Alice
"Is that all?" said Alice
e ingoiò la rabbia meglio che poté

and she swallowed her anger as well as she could
«No» disse il bruco
"No," said the caterpillar
Il bruco aprì le braccia
the caterpillar unfolded its arms
E si tolse di nuovo il narghilè dalla bocca
and he took the hookah out of his mouth again
E lui disse: "Quindi pensi di essere cambiato, vero?"
and he said, "So you think you're changed, do you?"
«Ho paura, sono cambiata, signore» disse Alice
"I'm afraid, I am changed, sir," said Alice
"Non riesco a ricordare le cose come le ricordavo prima"
"I can't remember things as I used to remember them"
"e non rimango della stessa taglia per più di dieci minuti!"
"and I don't stay the same size for more than ten minutes!"
"Che taglia vuoi avere?" chiese il bruco
"What size do you want to be?" asked the caterpillar
**«Oh, non mi importa particolarmente di che taglia ho»,
rispose in fretta Alice**
"Oh, I don't particularly mind what size I am," Alice hastily
replied
"Non mi piace cambiare taglia così spesso, sai"
"I just don't like changing size so often, you know"
"Vorrei essere un po' più grande, signore"
"I would like to be a little larger, sir"
«se non ti dispiace», aggiunse Alice
"if you wouldn't mind," added Alice
"Dieci centimetri è un'altezza così miserabile"
"Ten centimetres is such a wretched height to be"
**«È davvero un'altezza molto buona!» disse il bruco con
rabbia**
"It is a very good height indeed!" said the caterpillar angrily
Ed egli si alzò in piedi mentre parlava
and he reared itself upright as he spoke
Era alto esattamente dieci centimetri
he was exactly ten centimetres high
In un minuto o due, il bruco scese dal fungo

In a minute or two, the caterpillar got down off the mushroom
e strisciò via nell'erba
and he crawled away into the grass
Mentre se ne andava, fece alcune piccole osservazioni
as he went away, he made some little remarks
"Un lato ti farà diventare più alto"
"One side will make you grow taller"
"E l'altra parte ti farà accorciare"
"and the other side will make you grow shorter"
«Da un lato di che cosa?» pensò Alice tra sé e sé
"One side of what?" thought Alice to herself
"L'altro lato di cosa?"
"The other side of what?"
"Il lato del fungo", disse il bruco
"the side of the mushroom," said the caterpillar
Era come se avesse posto la sua domanda ad alta voce
it was as if she had asked her question aloud
e in un attimo scomparve dalla vista
and in another moment, he was out of sight
Alice rimase a guardare pensierosa il fungo
Alice remained looking thoughtfully at the mushroom
Stava cercando di capire quali fossero i due lati del fungo
she was trying to make out which were the two sides of the
mushroom
Alla fine allungò le braccia intorno al fungo
At last she stretched her arms around the mushroom
e ha rotto un po' i bordi
and she broke off a bit of the edges
«E ora, da che parte sta?» disse a se stessa
"And now, which side is which?" she said to herself
e mordicchiò un po' del morso destro
and she nibbled a little of the right-hand bit
Un attimo dopo sentì un violento colpo sotto il mento
The next moment she felt a violent blow underneath her chin
Il suo mento le aveva colpito il piede!
her chin had struck her foot!
Era molto spaventata da questo cambiamento molto

improvviso

She was a good deal frightened by this very sudden change

si stava rimpicciolendo molto rapidamente

she was shrinking very rapidly

Così mangiò rapidamente un po' dell'altro pezzetto di fungo

so she quickly ate some of the other bit of mushroom

Il mento era premuto molto strettamente contro il piede

Her chin was pressed very closely against her foot

C'era a malapena spazio per aprire bocca

there was hardly room to open her mouth

ma alla fine riuscì ad aprire bocca

but she did at last manage to open her mouth

e ingoiò un boccone del morso sinistro

and she swallowed a morsel of the left-hand bit

«Finalmente la mia testa è stata liberata!» disse Alice

"my head's been freed at last!" said Alice

Si guardò dall'alto in basso

she looked down at herself

ma tutto ciò che riusciva a vedere era un'immensa lunghezza di collo

but all she could see was an immense length of neck

Il suo collo sembrava sollevarsi come un gambo

her neck seemed to rise like a stalk

e guardò giù su un mare di foglie verdi

and she looked down over a sea of green leaves

"Dove sono finite le mie spalle?"

"Where have my shoulders gotten to?"

"E oh, povere mie mani, come mai non riesco a vederti?"

"And oh, my poor hands, how is it I can't see you?"

Ma il suo collo aveva un vantaggio

but her neck did have one benefit

Poteva muovere la testa in qualsiasi direzione

she could move her head in any direction

In effetti, era proprio come un serpente

in fact, she was just like a serpent

Ha zigzagato con grazia la testa verso il basso

she gracefully zigzagged her head down

e mosse la testa tra gli alberi
and she moved her head through the trees
ma poi sentì un sibilo acuto
but then she heard a sharp hiss
e tirò rapidamente indietro la testa
and she quickly pulled her head back
Un grosso piccione le era volato in faccia
a large pigeon had flown into her face
e il piccione era violentemente con le sue ali
and the pigeon was violently with its wings

"Serpente!" gridò il piccione
"Serpent!" cried the pigeon
«Io non sono un serpente!» disse Alice indignata.
"I'm not a serpent!" said Alice indignantly
"Lasciami in pace!"
"Leave me alone!"
"Ho provato le radici degli alberi"

"I've tried the roots of trees"
«E ho provato le siepi», proseguì il piccione
"and I've tried hedges," the pigeon went on
"Ma quei serpenti! Non c'è modo di accontentarli!"
"but those serpents! There's no pleasing them!"
Alice era sempre più perplessa
Alice was more and more puzzled
«Come se non fosse abbastanza difficile far schiudere le uova», disse il piccione
"As if it wasn't trouble enough hatching the eggs," said the pigeon
"di notte e di giorno devo stare attento anche ai serpenti!"
"by night and day I must look out for serpents too!"
"Avevo appena trovato l'albero più alto della foresta"
"I had just found the highest tree in the forest"
"Sicuramente sarei libero dai serpenti qui?"
"surely I'd be free from serpents here?"
"E un serpente esce dal cielo!"
"and out comes a serpent from the sky!"
"Ma io non sono un serpente, te lo dico!" disse Alice
"But I'm not a serpent, I tell you!" said Alice
"Sono un... Sono un... Sono una bambina», aggiunse piuttosto dubbiosa
"I'm a... I'm a... I'm a little girl," she added rather doubtfully
dopotutto, aveva attraversato molti cambiamenti
she had after all been going through a lot of changes
"Stai cercando le uova," disse il piccione
"You're looking for eggs," said the pigeon
"Lo so per certo"
"I know that for a fact"
"E che importa se sei una bambina o un serpente?"
"and what does it matter if you're a little girl or a serpent?"
«Mi importa molto», disse Alice in fretta
"It matters a good deal to me," said Alice hastily
"ma non sto cercando uova, guarda caso"
"but I'm not looking for eggs, as it happens"
"e non vorrei comunque le tue uova"

"and I wouldn't want your eggs anyway"
"Non mi piacciono le mie uova crude"
"I don't like my eggs raw"
«Ebbene, allora vattene!» disse il piccione in tono imbronciato
"Well, be off then!" said the pigeon in a sulky tone
e il piccione si sistemò di nuovo nel suo nido
and the pigeon settled down again into its nest
Alice si accovacciò tra gli alberi meglio che poté
Alice crouched down among the trees as well as she could
il suo collo continuava a rimanere impigliato tra i rami
her neck kept getting entangled among the branches
Ogni tanto doveva fermarsi e srotolare il collo
every now and then she had to stop and untwist her neck
Dopo un po' si ricordò del fungo
After awhile she remembered the mushroom
Teneva ancora i pezzi di fungo tra le mani
she still held the pieces of mushroom in her hands
e si mise al lavoro con molta attenzione
and she set to work very carefully
Per prima cosa ha rosicchiato un pezzo
first she nibbled at one piece
e poi mordicchiò l'altro pezzo
and then she nibbled at the other piece
A volte diventava più alta
sometimes she grew taller
e a volte si accorciava
and sometimes she grew shorter
ma alla fine raggiunse la sua solita altezza
but finally she achieved her usual height
Non era stata della sua altezza per un po' di tempo
she hadn't been her own height for some time
Quindi tutto è sembrato strano per un po'
so everything felt strange for a while
"La prossima cosa da fare è entrare in quel bellissimo giardino"
"The next thing to do is to get into that beautiful garden"

«come si può fare, mi chiedo?»
"how is that to be done, I wonder?"
Mentre diceva questo, si imbatté in un luogo aperto
As she said this, she came upon an open place
C'era una casetta, alta un po' più di un metro
there was a little house, a bit higher than a metre
"Mi chiedo chi abita in questa casetta"
"I wonder who lives in this little house"
"Di certo non posso entrare così grande"
"I certainly can't go in as big as I am"
«Li spaventerei terribilmente!»
"I would frighten them terribly!"
Così mordicchiò di nuovo il piccolo fungo
so she nibbled at the little mushroom again
e presto si abbassò di trenta centimetri
and soon she brought herself down thirty centimetres

Un maiale e un po' di pepe

A pig and some pepper

Per un minuto o due rimase a guardare la casa

For a minute or two she stood looking at the house

All'improvviso un valletto uscì di corsa dal bosco

suddenly a footman came running out of the woods

Indossava una speciale uniforme in livrea

he was wearing a special livery uniform

A giudicare solo dal suo viso, lo avrebbe chiamato pesce

judging by his face only, she would have called him a fish

e bussò forte alla porta con le nocche

and he rapped loudly at the door with his knuckles

La porta fu aperta da un altro cameriere

the door was opened by another footman

Anche questo valletto indossava una livrea speciale

this footman too was wearing a special livery

Questo valletto aveva una faccia rotonda e grandi occhi come una rana

this footman had a round face and large eyes like a frog

Il cameriere che sembrava un pesce ha iniziato la cerimonia
The footman that looked like a fish initiated the ceremony
Tirò fuori qualcosa da sotto il braccio
he pulled out something from under his arm
e tirò fuori da sotto il braccio una busta
and he pulled out from under his arm an envelope
e questa busta la consegnò all'altro cameriere
and this envelope he handed over to the other footman
In tono cerimonioso gli disse gli ordini
in a ceremonious tone he told him the orders
"Questo messaggio è per la Duchessa"
"This message is for the Duchess"
"Un invito dalla regina a giocare a croquet"
"An invitation from the queen to play croquet"
Il cameriere che sembrava una rana ripeté l'ordine
The footman that looked like a frog repeated the order
"Dalla Regina"
"from the queen"
"un invito"
"an invitation"
"per la Duchessa"
"for the Duchess"
"Giocare a croquet"
"playing croquet"
Poi entrambi si inchinarono profondamente
Then they both bowed low
e i riccioli delle loro parrucche si sono impigliati insieme
and the curls in their wigs got entangled together
Presto il valletto che sembrava un pesce scomparve
soon the footman that looked like a fish was gone
ma il valletto che sembrava una rana era ancora lì
but the footman that looked like a frog was still there
Era seduto per terra vicino alla porta
he was sitting on the ground near the door
Stava fissando stupidamente il cielo
he was staring stupidly up into the sky
Alice si avvicinò timidamente alla porta e bussò

Alice went timidly up to the door and knocked
«È inutile bussare», disse il valletto
"There's no use in knocking," said the footman
"E questo per due motivi"
"and that is for two reasons"
"Primo, perché sono dalla tua stessa parte della porta"
"First, because I'm on the same side of the door as you are"
**"In secondo luogo, perché fanno così tanto rumore
all'interno"**
"secondly, because they're making so much noise inside"
"Nessuno potrebbe sentirti"
"no one could possibly hear you"
E certamente c'era un rumore straordinario all'interno
And there certainly was a most extraordinary noise going on
within
un continuo ululato e starnuti
a constant howling and sneezing
e ogni tanto un rumore di grande schianto
and every now and then a sound of great crashing
come se un piatto o un bollitore fossero stati fatti a pezzi
as if a dish or kettle had been broken to pieces
«Come posso entrare?» chiese Alice
"How am I to get in?" asked Alice
«Dovresti entrare?» disse il cameriere
"Should you get in at all?" said the footman
"Questa è la prima domanda, sai"
"That's the first question, you know"
Alice aprì la porta ed entrò
Alice opened the door and went in
La porta conduceva direttamente in una grande cucina
The door led right into a large kitchen
La cucina era piena di fumo da un'estremità all'altra
the kitchen bwas full of smoke from one end to the other
al centro della cucina c'era la duchessa
in the middle of the kitchen was the Duchess
Era seduta su uno sgabello a tre gambe
she was sitting on a three-legged stool

e stava allattando un bambino
and she was nursing a baby
Il cuoco era chino sul fuoco
the cook was leaning over the fire
Stava mescolando un grande calderone
he was stirring a large caldron
e il calderone sembrava pieno di zuppa
and the caldron seemed to be full of soup
"C'è sicuramente troppo pepe in quella zuppa!" Alice si disse
"There's certainly too much pepper in that soup!" Alice said to
herself
Lo disse meglio che poté senza starnutire
she said it as best she could without sneezing
Anche la duchessa starnutiva di tanto in tanto
Even the Duchess sneezed occasionally
Ma le azioni del bambino erano le più degne di nota
but the baby's actions were the most noteworthy
Il bambino starnutiva e ululava alternativamente
the baby was sneezing and howling alternately
Non c'era un attimo di pausa tra l'ululato e lo starnuto
there was not a moment's pause between howling and
sneezing
C'erano due creature in cucina che non starnutivano
There were two creatures in the kitchen that did not sneeze
Il cuoco era troppo occupato per starnutire
the cook was too busy to sneeze
e il grosso gatto non sembrava preoccuparsi del pepe
and the large cat did not seem to mind the pepper
Invece, il grosso gatto sorrideva da un orecchio all'altro
instead, the large cat was grinning from ear to ear
«Ti prego, me lo dica», disse Alice, un po' timidamente
"Please would you tell me," said Alice, a little timidly
"Perché il tuo gatto sorride così?"
"why is your cat grinning like that?"
«È un Cheshire-Cat» disse la duchessa
"It's a Cheshire-Cat," said the Duchess
"Ed è per questo che sorride da un orecchio all'altro"

"and that's why he's grinning from ear to ear"
"Non sapevo che uno Stregatto sorrideva sempre"
"I didn't know that a Cheshire-Cat always grinned"
"in effetti, non sapevo che i gatti potessero sorridere", ha detto Alice
"in fact, I didn't know that cats could grin," said Alice
«C'è molto che non sai», disse la duchessa
"there is much you don't know," said the Duchess
"C'è molto che non sai e questo è un dato di fatto"
"there is much you don't know and that's a fact"
Proprio in quel momento il cuoco tolse dal fuoco il calderone di zuppa
Just then the cook took the caldron of soup off the fire
e subito cominciò a gettare tutto ciò che aveva a portata di mano
and at once she started throwing everything within her reach
gettò tutto quello che poté contro la duchessa e il bambino
she threw everything she could at the Duchess and the babe
Per prima cosa lanciò i ferri da fuoco
first she threw the fire-irons
Poi ha lanciato una manciata di pentole
then she threw a handful of saucepans
e alla fine gettò i piatti e le stoviglie
and finally she threw the plates and dishes
La duchessa non si curò di lei
The Duchess took no notice of her
Anche quando è stata colpita da un piatto non si è preoccupata
even when she was hit by a plate she did not worry
Il bambino stava già ululando così tanto
the baby was already howling so much
Quindi era impossibile dire se i colpi avessero ferito o meno il bambino
so it was impossible to say whether the blows hurt the baby or not
«Oh, ti prego, bada a quello che fai!» esclamò Alice
"Oh, please mind what you're doing!" cried Alice

e saltava su e giù in un'agonia di terrore
and she jumped up and down in an agony of terror
la duchessa offrì ad Alice il bambino
the Duchess offered Alice the baby
"Ecco! Puoi allattare un po' il bambino, se vuoi!"
"Here! You may nurse the baby a bit, if you like!"
e le gettò addosso il bambino mentre parlava
and she flung the baby at her as she spoke
"Devo andare a prepararmi a giocare a croquet con la regina"
"I must go and get ready to play croquet with the queen"
e si affrettò a uscire dalla stanza
and she hurried out of the room
Alice afferrò il bambino con qualche difficoltà
Alice caught the baby with some difficulty
perché era una piccola creatura dalla forma molto strana
because it was a very odd-shaped little creature
e il bambino tese le braccia e le gambe in tutte le direzioni
and the baby held out its arms and legs in all directions
"È meglio che porti via con me questo bambino", pensò Alice
"I better take this child away with me," thought Alice
"Di sicuro uccideranno questo bambino in un giorno o due"
"they're sure to kill this baby in a day or two"
«Non sarebbe un omicidio lasciare indietro questo
bambino?»
"Wouldn't it be murder to leave this baby behind?"
Ha detto le ultime parole ad alta voce
She said the last words out loud
e la piccola cosa grugnì in risposta
and the little thing grunted in reply
"È meglio che tu non ti trasformi in un maiale, mia cara,"
disse Alice
"you best not turn into a pig, my dear," said Alice
"altrimenti non avrò più niente a che fare con te"
"or else I'll have nothing more to do with you"
Alice stava appena cominciando a pensare tra sé e sé:
Alice was just beginning to think to herself:
«Ora, che cosa devo fare con questa creatura, quando la

riporto a casa?»
"Now, what am I to do with this creature, when I get it home?"
ma poi la piccola creatura grugnì un po' violentemente
but then the little creature grunted a little violently
e Alice lo guardò in viso con un certo allarme
and Alice looked down into its face in some alarm
Questa volta non ci poteva essere alcun errore
This time there could be no mistake about it
non era né più né meno di un maiale
it was neither more nor less than a pig
Così fece posare la piccola creatura
so she set the little creature down
e la piccola creatura trotterellò silenziosamente nel bosco
and the little creature trot away quietly into the wood
Alice si sentì piuttosto sollevata nel vedere la creatura andarsene
Alice felt quite relieved to see the creature go
Alice fu un po' sorpresa nel vedere lo Stregatto
Alice was a little startled by seeing the Cheshire-Cat
Era seduto su un ramo di un albero a pochi metri di distanza
it was sitting on a bough of a tree a few yards off
Il gatto sorrise solo quando la vide
The cat only grinned when it saw her
«Gatto del Cheshire», cominciò Alice, piuttosto timidamente
"Cheshire-cat," began Alice, rather timidly
«potrebbe dirmi per favore da che parte devo andare da qui?»
"would you please tell me which way I ought to go from here?"
"In quella direzione", disse il gatto
"In that direction," the cat said
e agitò la zampa destra
and it waved the right paw around
"In quella direzione vive un fabbricante di cappelli"
"In that direction lives a maker of hats"
e poi il gatto agitò l'altra zampa
and then the cat waved its other paw

"E in quella direzione vive una lepre marzolina"
"and in that direction lives a march hare"
"Visita o vuoi; Sono entrambi pazzi"
"Visit either you like; they're both mad"
«Ma io non voglio andare in mezzo ai matti», osservò Alice
"But I don't want to go among mad people," Alice remarked
«Oh, non puoi farci niente» disse il Gatto
"Oh, you can't help that," said the Cat
"Siamo tutti pazzi qui"
"we're all mad here"
"Stai giocando a croquet con la regina oggi?"
"are you playing croquet with the queen today?"
«Mi piacerebbe molto», disse Alice
"I would like to very much," said Alice
"ma non sono ancora stato invitato"
"but I haven't been invited yet"
"Mi vedrai lì," disse il Gatto
"You'll see me there," said the Cat
e da un momento all'altro il gatto scomparve
and from one moment to the next the cat vanished
ben presto Alice giunse in vista della casa della lepre
marzolina
soon Alice got in sight of the house of the march hare
Questa era una casa molto grande
this was a very large house
così Alice non volle avvicinarsi alla casa
so Alice did not want to go near the house
Per prima cosa dovette rosicchiare ancora un po' del pezzo di
fungo sul lato sinistro
first she had to nibble some more of the left side bit of
mushroom

un pazzo tea party

a mad tea-party

Davanti alla casa c'era un albero
In front of the house there was a tree
e sotto l'albero c'era un tavolo
and under the tree there was a table
e la tavola era apparecchiata con ogni sorta di posate
and the table was set with all sorts of cutlery
La lepre marzolina e il cappellaio erano a tavola
the march hare and the hat maker were at the table
e insieme prendevano il tè
and together they were having tea
Un ghiro era seduto tra di loro
a dormouse was sitting between them
e il ghiro si addormentò profondamente
and the dormouse was fast asleep
Il tavolo era di dimensioni straordinarie
The table was of extraordinary size
ma la maggior parte del tavolo era vuota
but most of the table was unoccupied
sedevano ammassati insieme in un angolo del tavolo
they sat crowded together at one corner of the table
eppure si scusarono quando videro Alice
and yet they made excuses when they saw Alice
"Non c'è posto! Non c'è posto!" gridarono
"No room! No room!" they cried out
«C'è un sacco di posto!» disse Alice indignata
"There's plenty of room!" said Alice indignantly
A un'estremità del tavolo c'era una grande poltrona
at one end of the table there was a large arm-chair
e Alice si sedette in poltrona
and Alice sat herself in the armchair
Il cappellaio spalancò gli occhi
the hat maker opened his eyes very wide
Non riusciva a credere a quello che stava vedendo
he couldn't believe what he was seeing
ma la sua mente era curiosa di altre cose

but his mind was curious about other things
"Perché un corvo è come uno scrittoio?"
"Why is a raven like a writing-desk?"
Alice era aperta alla sfida
Alice was open to the challenge
"Sono contento che abbiano iniziato a fare indovinelli"
"I'm glad they've begun asking riddles"
«Credo di poterlo indovinare», aggiunse ad alta voce
"I believe I can guess that," she added aloud
La lepre marzolina si incuriosì di Alice
The march hare grew curious about Alice
"Pensi davvero di poter trovare la risposta?"
"Do you really think you can find the answer?"
«Credo di poter trovare la risposta», disse Alice
"I think I can find the answer indeed," said Alice
«Allora dovresti dire quello che intendi», proseguì la lepre in marcia
"Then you should say what you mean," the march hare went on
«Dico quello che intendo», rispose in fretta Alice
"I do say what I mean," Alice hastily replied
"per lo meno intendo quello che dico"
"at the very least I mean what I say"
"È la stessa cosa, sai"
"that's the same thing, you know"
Anche il ghiro ha contribuito alla conversazione
the dormouse also contributed to the conversation
ma il ghiro sembrava parlare nel sonno
but the dormouse seemed to be talking in its sleep
"Respiro quando dormo"
"I breathe when I sleep"
"Dormo quando respiro!"
"I sleep when I breathe!"
"Si potrebbe anche dire che sono uguali"
"you might as well say they are the same too"
"È la stessa cosa per te," disse il cappellaio
"It is the same thing with you," said the hat maker

e versò un po' di tè sul naso del ghiro
and he poured a little tea on the dormouse's nose
Il Ghiro scosse la testa con impazienza
The Dormouse shook its head impatiently
e di nuovo il ghiro parlò, senza aprire gli occhi
and again the dormouse spoke, without opening its eyes
"Certo, certo che è lo stesso"
"Of course, of course it is the same"
"è proprio quello che stavo per dire io stesso"
"that's just what I was going to say myself"

Il cappellaio si rivolse ad Alice e fece un'altra domanda
The hat maker turned to Alice and asked another question
"Hai già indovinato l'indovinello?"
"Have you guessed the riddle yet?"
«No, mi arrendo» concesse Alice
"No, I give up," Alice conceded
"Qual è la risposta?" voleva sapere
"What's the answer?" she wanted to know
«Non ne ho la minima idea», disse il cappellaio
"I haven't the slightest idea," said the hat maker

«Né lo so», disse la lepre in marcia
"Nor do I know," said the march hare
Alice emise un sospiro stanco
Alice gave a weary sigh
"Ci sono usi migliori del tempo che indovinelli senza risposte"
"there are better uses of time than riddles without answers"
«Prendi ancora un po' di tè», disse la lepre marzolina ad Alice, molto seriamente
"have some more tea," the march hare said to Alice, very earnestly
Alice era piuttosto offesa dall'offerta
Alice was quite offended by the offer
«Non ho ancora preso il tè», rispose Alice
"I've had not had tea yet," Alice replied
"quindi non posso più prendere il tè"
"therefore I can't have any more tea"
«Vuoi dire che non puoi bere meno tè» disse il fabbricante di cappelli
"You mean you can't have less tea," said the hat maker
"È molto facile prendere più di niente"
"it's very easy to take more than nothing"
A questo punto, Alice si alzò e se ne andò
At this, Alice got up and walked off
Il ghiro si addormentò all'istante
The dormouse fell asleep instantly
e nessuno degli altri si accorse minimamente della sua partenza
and neither of the others took the least notice of her going
anche se si guardò indietro una o due volte
though she looked back once or twice
Cercavano di mettere il ghiro nella teiera
they were trying to put the dormouse into the tea-pot
«In ogni caso, non ci tornerò mai più!» disse Alice
"At any rate, I'll never go there again!" said Alice
e si fece strada attraverso il bosco
and she walked her way through the woods

"quello è stato il tea party più stupido a cui abbia mai
partecipato"
"that was the stupidest tea-party I've ever been to"
Proprio mentre diceva questo, notò qualcosa
Just as she said this, she noticed something
Uno degli alberi aveva una porta che vi conduceva proprio
one of the trees had a door leading right into it
"È molto interessante!" pensò
"That's very interesting!" she thought
"Penso che potrei anche passare attraverso la porta"
"I think I may as well go through the door"
E attraversò la porta
And through the door she went
Ancora una volta si ritrovò nel lungo corridoio
Once more she found herself in the long hall
Di nuovo era vicina al tavolino di vetro
again she was close to the little glass table
Prese la piccola chiave d'oro
she took the little golden key
e aprì la porta che conduceva nel giardino
and she unlocked the door that led into the garden
Poi si mise al lavoro rosicchiando il fungo
Then she set to work nibbling at the mushroom
Aveva tenuto in tasca un pezzo del fungo
she had kept a piece of the mushroom in her pocket
e infine era alta circa un metro
and finally she was about a metre tall
Poi camminò lungo il piccolo corridoio
then she walked down the little corridor
e poi finalmente si ritrovò nel bellissimo giardino
and then she finally found herself in the beautiful garden
e lei era tra i fiori luminosi e le fresche fontane
and she was among the bright flower and the cool fountains

Il campo da croquet della regina
The queen's croquet ground
Un grande albero di rose si trovava vicino all'ingresso del giardino
A large rose-tree stood near the entrance of the garden
le rose che crescevano sull'albero erano bianche
the roses growing on the tree were white
Ma c'erano tre giardinieri che dipingevano la rosa
but there were three gardeners painting the rose
Stavano dipingendo le rose di rosso
they were busily painting the roses red
e Alice li guardava dipingere le rose di rosso
and Alice was watching them paint the roses red
e all'improvviso i loro occhi caddero su Alice
and suddenly their eyes chanced to fall upon Alice
Alice parlò un po' timidamente
Alice spoke a little timidly
"Me lo direbbe, per favore";
"Would you tell me, please;"
"Perché state dipingendo tutte quelle rose?"
"why are you all painting those roses?"
Cinque e Sette non dissero nulla, ma guardarono due
five and seven said nothing, but looked at two
due parlarono, a bassa voce
two spoke, in a low voice
«Perché, il fatto è, vedete, signora»
"Why, the fact is, you see, madam"
"Questo qui avrebbe dovuto essere un albero di rose rosse"
"this here ought to have been a red rose-tree"
"E abbiamo messo un albero di rose bianche per sbaglio"
"and we put a white rose-tree in by mistake"
"Come converrete, la regina non deve scoprirlo"
"as you would agree, the queen must not find out"
"altrimenti ci taglierebbero tutti la testa"
"else we would all have our heads cut off"
"Vedete, signora, stiamo facendo del nostro meglio"
"So you see, madam, we're doing our best"

La quinta carta aveva guardato ansiosamente attraverso il giardino
card five had been anxiously looking across the garden
In quel momento la carta cinque gridò: "La regina! La regina!"
At this moment card five called out, "The queen! The queen!"
e i tre giardinieri si affrettarono subito ad andarsene
and the three gardeners instantly scurried away
e si gettarono con la faccia a terra
and they threw themselves flat upon their faces
Ci fu il suono di molti passi
There was a sound of many footsteps
Alice si guardò intorno, ansiosa di vedere la regina
Alice looked around, eager to see the queen
All'inizio del corteo c'erano dieci soldati
At the start of the procession were ten soldiers
le loro mani e i loro piedi erano negli angoli
their hands and feet were in the corners
e nelle loro mani e nei loro piedi c'erano dei bastoni
and in their hands and feet were clubs
Poi vennero i dieci cortigiani
next came the ten courtiers
I cortigiani erano tutti ornati di diamanti
the courtiers were ornamented all over with diamonds
Dopo i cortigiani vennero i figli reali
After the courtiers came the royal children
C'erano dieci dei figli reali
there were ten of the royal children
e tutti i bambini reali erano ornati di cuori
and all the royal children were ornamented with hearts
Poi vennero gli ospiti; per lo più re e regine
Next came the guests; mostly kings and queens
e tra i re e la regina Alice vide qualcuno
and among the kings and queen Alice saw someone
Vide di nuovo il coniglio bianco che aveva inseguito
she saw again the white rabbit she had chased
Il corteo era seguito dal fante di cuori

The procession was followed the knave of hearts
Portava la corona del re
he was carrying the king's crown
e la corona del re era su un cuscino di velluto cremisi
and the king's crown was on a crimson velvet cushion
E poi venne la fine di questa grande processione
and then came the end of this grand procession
E alla fine c'erano il re e la regina di cuori
and there at the end were the king and queen of hearts
il corteo giunse di fronte ad Alice
the procession came opposite to Alice
e tutti si fermarono a guardarla
and they all stopped and looked at her
e la regina disse severamente: "Chi è costui?"
and the queen said severely, "Who is this?"
Lo disse al Fante di Cuori
She said it to the Knave of Hearts
ma lui si inchinò e sorrise in risposta
but he just bowed and smiled in reply
Alice parlò molto cortesemente
Alice spoke very politely
"Mi chiamo Alice, quindi per favore vostra maestà"
"My name is Alice, so please your majesty"
ma aveva altri pensieri per sé
but she had other thoughts to herself
«Sono solo un mazzo di carte, dopotutto!»
"they're only a pack of cards, after all!"
"Sai giocare a croquet?" gridò la regina
"Can you play croquet?" shouted the queen
La domanda era evidentemente rivolta ad Alice
The question was evidently meant for Alice
«Sì!» disse Alice ad alta voce
"Yes!" said Alice loudly
"Vieni a giocare allora!" ruggì la regina
"Come play then!" roared the queen
una voce timida parlò ad Alice
a timid voice spoke to Alice

"È una giornata molto bella!"
"it's a very fine day!"
Stava camminando accanto al coniglio bianco
She was walking by the white rabbit
e il Bianconiglio le sbirciava ansiosamente in faccia
and the White Rabbit was peeping anxiously into her face
«Davvero una bella giornata», confermò Alice
"a very fine day indeed," confirmed Alice
"Dov'è la duchessa?"
"Where's the duchess?"
"Zitto! Zitto!" disse il Coniglio
"Hush! Hush!" said the Rabbit
"È condannata a morte"
"She's under sentence of execution"
«Per che motivo è stata giustiziata?» chiese Alice
"What is she being executed for?" asked Alice
«Ha graffiato le orecchie della regina», cominciò il coniglio
"She scuffed the queen's ears," the rabbit began
La regina gridò con voce di tuono
the queen shouted in a voice of thunder
"Raggiungi i tuoi posti!"
"Get to your places!"
e la gente cominciò a correre in tutte le direzioni
and people began running about in all directions
e tutti caddero l'uno contro l'altro
and they all tumbled up against each other
Tuttavia, si sono sistemati in un minuto o due
However, they got settled down in a minute or two
e poi è iniziato il gioco
and then the game began
Alice non aveva mai visto un campo da croquet così curioso
Alice had never seen such a curious croquet ground
l'erba era tutta creste e solchi
the grass was all ridges and furrows
Le palle da croquet erano dei veri ricci
The croquet balls were real hedgehogs
e le mazzuole erano dei veri fenicotteri

and the mallets were real flamingos
e i soldati si alzarono in piedi sulle mani e sui piedi
and the soldiers stood on their hands and feet
perché gli archi sono stati fatti dai loro corpi
because the arches was made from their bodies
I giocatori hanno giocato tutti contemporaneamente
The players all played at once
Nessuno aspettava il proprio turno
nobody waited for their turns
e tutti litigavano con tutti
and everyone quarrelled with everyone
e tutti combattevano per i ricci
and all were fighting for the hedgehogs
Ben presto la regina si arrabbiò furiosamente
soon the queen was in a furious passion
e si mise a pestare i piedi e a gridare
and she started stamping about and shouting
"Tagliategli la testa!"
"Chop off his head!"
"Tagliatele la testa!"
"Chop off her head!"
"Tagliate loro tutte le teste!"
"Chop all their heads off!"
Di nuovo Alice pensò tra sé e sé
Again Alice thought to herself
"A loro piace terribilmente decapitare le persone qui"
"They're dreadfully fond of beheading people here"
"La grande meraviglia è che c'è qualcuno rimasto in vita!"
"the great wonder is that there's anyone left alive!"
Stava cercando una via di fuga
She was looking about for some way of escape
notò una strana apparizione nell'aria
she noticed a curious appearance in the air
«È il gatto del Cheshire», disse a se stessa
"It's the Cheshire-cat," she said to herself
"ora avrò qualcuno con cui parlare"
"now I shall have somebody to talk to"

"Come stai?" disse il gatto
"How are you getting on?" said the cat
«Non credo che giochino affatto in modo corretto», disse
Alice
"I don't think they play at all fairly," Alice said
e aveva un tono piuttosto lamentoso
and she had a rather complaining tone
"Litigano tutti in modo così terribile"
"they all quarrel so dreadfully"
"Non ci si sente parlare"
"one can't hear oneself speak"
"E sembra che non giochino secondo nessuna regola"
"and they don't seem to play by any rules"
il gatto fece una domanda ad Alice a bassa voce
the cat asked Alice a question in a low voice
"Ti piace la regina?"
"How do you like the queen?"
«Non mi piace affatto», disse Alice
"I don't like her at all," said Alice

Alice pensò che avrebbe potuto anche tornare indietro
Alice thought she might as well go back
Voleva vedere come stava andando il gioco
she wanted to see how the game was going
Andò in cerca del suo riccio
she went off in search of her hedgehog
Il riccio era impegnato a combattere un altro riccio
The hedgehog was busy fighting another hedgehog
Questa è stata un'ottima opportunità
this was an excellent opportunity
Poteva fare il croquet con un riccio con l'altro
she could croquet one hedgehog with the other
ma il suo fenicottero era dall'altra parte del giardino
but her flamingo was on the other side of the garden
Il fenicottero era piuttosto goffo
the flamingo was rather clumsy
Il suo fenicottero stava cercando di volare su un albero
her flamingo was trying to fly up into a tree
Ha afferrato il fenicottero per una gamba
She caught the flamingo by the leg
e si mise il fenicottero sotto il braccio
and she tucked the flamingo away under her arm
In questo modo il fenicottero non poteva scappare di nuovo
that way the flamingo couldn't escape again
Proprio in quel momento Alice incontrò la duchessa
Just then Alice happened to meet the duchess
La duchessa era ora fuori di prigione
The duchess was now out of prison
Infilò affettuosamente il braccio sotto il braccio di Alice
She tucked her arm affectionately under Alice's arm
e poi se ne andarono insieme
and then they walked off together
Alice fu molto contenta di trovarla di così piacevole umore
Alice was very glad to find her in such a pleasant temper
Era un po' spaventata, però
She was a little startled, however
Sentì la voce della duchessa vicino al suo orecchio

she heard the voice of the duchess close to her ear
"Stai pensando a qualcosa, mia cara"
"You're thinking about something, my dear"
"E questo ti fa dimenticare di parlare"
"and that makes you forget to talk"
«Il gioco sta andando un po' meglio ora», disse Alice
"The game's going on rather better now," Alice said
Era un modo per mantenere viva la conversazione
it was one way of keeping the conversation going
"È proprio così," disse la duchessa
"it is so indeed," said the duchess
"E la morale di questo è questa:"
"and the moral of that is this:"
"È l'amore che fa tutto!"
"It is love that does it all!"
"L'amore è ciò che fa girare il mondo"
"Love is what makes the world go around"
Alice aveva un'altra spiegazione
Alice had another explanation
"È fatto da ognuno che si fa gli affari suoi!"
"it's done by everybody minding his own business!"
«Ah, bene! Potresti avere ragione"
"Ah, well! You could be right"
«Significa tutto più o meno la stessa cosa», disse la duchessa
"It all means much the same thing," said the Duchess
e affondò il suo piccolo mento affilato nella spalla di Alice
and she dug her sharp little chin into Alice's shoulder
"E la morale di questo è questa"
"and the moral of that is this"
"Prenditi cura dei sensi"
"Take care of the sense"
"E poi i suoni si prenderanno cura di se stessi"
"and then the sounds will take care of themselves"
Ma poi il braccio della duchessa cominciò a tremare
but then the duchess's arm began to tremble
Alice alzò lo sguardo e lì c'era la regina
Alice looked up and there stood the queen

La regina aveva le braccia conserte
the queen had her arms folded
e lei aggrottava le sopracciglia come un temporale!
and she was frowning like a thunderstorm!
«Vi avverto», gridò la regina
"I give you fair warning," shouted the queen
e calpestò il terreno mentre parlava
and she stomped on the ground as she spoke
"O la tua testa o la sua testa deve essere staccata"
"either your head or her head must be off"
"Fai la tua scelta!"
"Take your choice!"
"E fai in fretta"
"and be quick about it"
La duchessa fece la sua scelta
The duchess made her choice
e in un attimo la duchessa se ne andò
and within a moment the duchess was gone
Allora la regina parlò ad Alice
Then the queen spoke to Alice
"Andiamo avanti con il gioco"
"Let's go on with the game"
Alice era troppo spaventata per dire una parola
Alice was too frightened to say a word
e la seguì lentamente fino al campo da croquet
and she slowly followed her back to the croquet-ground
Per tutto il tempo la regina litigava con gli altri giocatori
the whole time the queen quarrelled with the other players
"Tagliategli la testa!"
"Chop off his head!"
"Tagliatele la testa!"
"Chop off her head!"
"Tagliate loro tutte le teste!"
"Chop all their heads off!"
Presto tutti i giocatori furono arrestati
soon all the players were in custody
rimasero solo il re, la regina e Alice

only the king, the queen, and Alice remained
Poi la regina se ne andò, senza fiato
Then the queen left, quite out of breath
e se ne andò con Alice
and she walked away with Alice
Alice sentì il re dire qualcosa a bassa voce
Alice heard the king quietly say something
"Siete tutti perdonati"
"You are all pardoned"
ma all'improvviso si udì un altro grido
but suddenly there was another cry heard
"Il processo sta iniziando!"
"The trial is beginning!"
e Alice corse insieme agli altri
and Alice ran along with the others

Chi ha rubato le crostate?
who stole the tarts?

Il re e la regina di cuori erano seduti
The king and queen of hearts were seated
erano sul loro trono quando arrivò Alice
they were on their throne when Alice arrived
C'era una grande folla radunata intorno a loro
there was a great crowd assembled around them
C'erano tutti i tipi di uccellini e bestie
there were all sorts of little birds and beasts
E c'era tutto il mazzo di carte
and there was the whole pack of cards
Il furfante era in piedi di fronte a loro, in catene
the knave was standing in front of them, in chains
e c'era un soldato da ogni parte a sorvegliarlo
and there was a soldier on each side to guard him
vicino al Re c'era il coniglio bianco
near the King was the white rabbit
Aveva una tromba in una mano
he had a trumpet in one hand
e nell'altra mano aveva un rotolo di pergamena
and he had a scroll of parchment in the other hand
Al centro del cortile c'era un tavolo
In the very middle of the court was a table
Sul tavolo c'era un grande piatto di crostate
on the table was a large dish of tarts
«Vorrei che facessero il processo», pensò Alice
"I wish they'd get the trial done," Alice thought
"Allora potremmo mangiare un po' di quei rinfreschi!"
"then we could eat some of those refreshments!"

Il giudice, tra l'altro, era il re
The judge, by the way, was the king
e portava la sua corona sopra la sua grande parrucca
and he wore his crown over his great wig
«Quella è la cassetta della giuria», pensò Alice
"That's the jury-box," thought Alice
"e quelle dodici creature, suppongo che siano i giurati"
"and those twelve creatures, I suppose they are the jurors"
alcuni erano animali e altri erano uccelli
some were animals, and some were birds
Proprio in quel momento il coniglio bianco gridò
Just then the white rabbit cried out
"Silenzio in tribunale!"
"Silence in the court!"
"Araldo, leggi l'accusa!" disse il re
"Herald, read the accusation!" said the king
Il Bianconiglio suonò tre squilli di tromba
the white rabbit blew three blasts on the trumpet
poi srotolò il rotolo di pergamena

then he unrolled the parchment-scroll

e lesse quanto segue:

and he read as follows:

"La regina di cuori, ha fatto delle crostate,"

"The queen of hearts, she made some tarts,"

"Tutto questo lo ha fatto in un giorno d'estate"

"All this she did on a summer day"

"Il furfante di cuori, ha rubato quelle crostate"

"The knave of hearts, he stole those tarts"

"E ha portato quelle crostate lontano!"

"And he took those tarts far away!"

"Chiama il primo testimone," disse il re

"Call the first witness," said the king

E il Bianconiglio suonò tre squilli di tromba

and the white rabbit blew three blasts on the trumpet

«Portate il primo testimone!» gridò

"bring the first witness!" he called out

Il primo testimone fu il cappellaio

The first witness was the hat maker

Entrò con una tazza da tè in una mano

he came in with a teacup in one hand

e aveva un pezzo di pane e burro nell'altra mano

and he had a piece of bread and butter in the other hand

"Avresti dovuto finire," disse il Re

"You ought to have finished," said the King

«Quando hai cominciato?»

"When did you begin?"

Il fabbricante di cappelli guardò la lepre in marcia

The hat maker looked at the march hare

La lepre in marcia lo aveva seguito nel cortile

the march hare had followed him into the court

aveva camminato a braccetto con il ghiro

he had walked arm in arm with the dormouse

«Il quattordici marzo, credo», disse

"Fourteenth of March, I think it was," he said

"Fornisci la tua testimonianza", disse il re

"Give your evidence," said the king

"e non essere nervoso, o ti farò giustiziare sul posto"
"and don't be nervous, or I'll have you executed on the spot"
Questo non sembrava incoraggiare affatto il testimone
This did not seem to encourage the witness at all
continuava a spostarsi da un piede all'altro
he kept shifting from one foot to the other
E guardò inquieto la regina
and he looked uneasily at the queen
e, nella sua confusione, morse un grosso pezzo dalla sua tazza da tè
and, in his confusion, he bit a large piece out of his teacup
Davvero voleva mordere dal suo pane e burro
really he meant to bite from his bread and butter
Proprio in quel momento Alice provò una sensazione molto curiosa
Just at this moment Alice felt a very curious sensation
stava cominciando a diventare di nuovo più grande
she was beginning to grow larger again
Il miserabile cappellaio lasciò cadere la tazza da tè
The miserable hat maker dropped his teacup
e il pane e il burro caddero a terra
and the bread and butter fell to the ground
e cadde in ginocchio
and he went down on one knee
«Sono un pover'uomo, vostra maestà», cominciò
"I'm a poor man, your majesty," he began
«Sei un pessimo oratore», disse il re
"You're a very poor speaker," said the king
"Puoi andare," disse il re
"You may go," said the king
e il cappellaio uscì in fretta dal tribunale
and the hat maker hurriedly left the court
"Chiamate il prossimo testimone!" disse il re
"Call the next witness!" said the king
Il testimone successivo fu il cuoco della duchessa
The next witness was the duchess's cook
Portava in mano la scatola del pepe

She carried the pepper-box in her hand
E le persone vicino alla porta cominciarono a starnutire tutte d'un tratto
and the people near the door began sneezing all at once
"Fornisci la tua testimonianza", disse il re
"Give your evidence," said the king
«Non darò alcuna testimonianza», disse il cuoco
"I shall give no evidence," said the cook
Il re guardò ansiosamente il coniglio bianco
The king looked anxiously at the white rabbit
e il coniglio bianco parlò con voce calma
and the white rabbit spoke in a quiet voice
"Vostra Maestà deve controinterrogare questo testimone"
"your majesty must cross-examine this witness"
"Beh, se devo, devo," disse il re
"Well, if I must, I must," the king said
"Di cosa sono fatte le crostate?"
"What are tarts made of?"
«Le crostate sono fatte di pepe, per lo più», disse il cuoco
"tarts are made of pepper, mostly," said the cook
Per alcuni minuti l'intera corte fu in confusione
For some minutes the whole court was in confusion
Alla fine si sistemarono di nuovo
eventually they all settled down again
ma ormai il cuoco era scomparso
but by then the cook had disappeared
«Non importa!» disse il re
"Never mind!" said the king
"Chiamate al banco il prossimo testimone"
"call to the stand the next witness"
Alice guardò il coniglio bianco mentre armeggiava con la lista
Alice watched the white rabbit as he fumbled over the list
Potete immaginare la sua sorpresa per quello che sentì dopo
you can imagine her surprise at what she heard next
con la sua vocina stridula, chiamò il nome "Alice!"
at the top of his shrill little voice, he called the name "Alice!"

La testimonianza di Alice
Alice's evidence

"Ecco!" gridò Alice
"Here!" cried Alice
Balzò in piedi in gran fretta
She jumped up in a great hurry
e rovesciò il palco della giuria
and she tipped over the jury-box
e fece cadere tutti i giurati
and she knocked over all the jurymen
e caddero sulle teste della folla sottostante
and they fell on to the heads of the crowd below
Alice era molto sgomenta
Alice was in great dismay
«Oh, vi chiedo scusa!» esclamò
"Oh, I beg your pardon!" she exclaimed
"Il processo non può procedere," disse il re
"The trial cannot proceed," said the king
"I giurati devono tornare al loro posto"
"the jurymen must get back in their proper places"
Ripeté l'ordine con grande enfasi
he repeated the order with great emphasis
e guardò Alice con severità
and he looked at Alice sternly
"Che cosa sai di questi avvenimenti?" chiese il re ad Alice
"What do you know about these events?" the king asked Alice
«Non so nulla su questo argomento», disse Alice
"I know nothing on the subject," said Alice
Il re poi lesse dal suo libro
The king then read from his book
"Regola quarantadue"
"Rule forty two"
"Tutte le persone che superano il miglio di altezza devono lasciare il tribunale"
"All persons more than a mile high are to leave the court"
«Non sono alta un miglio», disse Alice
"I'm not a mile high," said Alice

«Quasi due miglia di altezza», disse la Regina
"Nearly two miles high," said the Queen

«Ebbene, mi rifiuto di andare», disse Alice
"Well, I refuse to go," said Alice
Il re impallidì
The king turned pale
e chiuse in fretta il taccuino
and he shut his note-book hastily
"Considerate il vostro verdetto", ha detto alla giuria
"Consider your verdict," he said to the jury
Parlava con voce bassa e tremante
he spoke in a low, trembling voice
Poi parlò il Bianconiglio
then the white rabbit spoke
"Ci sono ancora altre prove in arrivo"
"There's more evidence to come yet"
e balzò in piedi in gran fretta
and he jumped up in a great hurry
"Questo documento è stato appena ritirato"

"This paper has just been picked up"
"Sembra una lettera scritta dal prigioniero"
"It seems to be a letter written by the prisoner"
Aprì il foglio mentre parlava
He unfolded the paper as he spoke
"Non è una lettera, dopotutto"
"It isn't a letter, after all"
"Quello che era era un insieme di versi"
"what it was was a set of verses"
"Vi prego, vostra maestà," disse il furfante
"Please, your majesty," said the knave
"Non ho scritto io quei versi"
"I didn't write those verses"
"e non possono provare che ho scritto qualcosa"
"and they can't prove that I wrote anything"
"Non c'è nessun nome firmato alla fine"
"there's no name signed at the end"
Il re parlò al furfante
the king spoke to the knave
"Devi aver avuto l'intenzione di causare qualche guaio"
"You must have meant to cause some mischief"
"altrimenti avresti firmato il tuo nome come un uomo onesto"
"else you'd have signed your name like an honest man"
Ci fu un generale battito di mani
There was a general clapping of hands
E il re si rivolse al coniglio bianco
and the king turned to the white rabbit
"Leggete i versetti", ordinò
"Read the verses," he ordered
C'era un silenzio di tomba in tribunale
There was dead silence in the court
e il coniglio bianco lesse i versi
and the white rabbit read out the verses
Mi hanno detto che eri stato da lei
They told me you had been to her
E gli hanno parlato di me

And they mentioned me to him
Mi ha dato un buon carattere
She gave me a good character
Ma lei ha detto che non sapevo nuotare
But she said I could not swim
Mandò loro a dire che non ero andato
He sent them word I had not gone
Sappiamo che è vero
We know it to be true
Se dovesse insistere sulla questione, che ne sarebbe di te?
If she should push the matter on, what would become of you?
Io gliene ho dato uno, loro gliene hanno dati due
I gave her one, they gave him two
Ce ne hai dati tre o più
You gave us three or more
Tutti sono tornati da lui a te
They all returned from him to you
anche se prima erano miei
although they were mine before
Se io o lei dovessimo avere la possibilità di essere
If I or she should chance to be
Se io o lei fossimo coinvolti in questa faccenda
If I or she were involved in this affair
Egli confida in te per liberarli
He trusts to you to set them free
Esattamente come eravamo
Exactly as we were
La mia idea era che tu fossi stato
My notion was that you had been
Prima che avesse questo attacco
Before she had this fit
Un ostacolo che si è frapposto
An obstacle that came between
Lui, e noi stessi, e
Him, and ourselves, and it
Non fargli sapere che le piacevano di più
Don't let him know she liked them best

Perché questo deve essere per sempre un segreto, tenuto nascosto a tutti gli altri

For this must for ever be a secret, kept from all the rest

Questo segreto deve rimanere un segreto tra te e me

This secret must remain a secret between yourself and me

Il re fu molto impressionato

the king was very impressed

"Questa è la prova più importante che abbiamo mai sentito"

"That's the most important piece of evidence we've heard yet"

«Non credo che quei versi abbiano un atomo di significato», obiettò Alice

"I don't believe those verses carry an atom of meaning," objected Alice

il Re aveva la sua opinione sulla questione

the King had his own opinion on the matter

"Se non c'è alcun significato in queste parole, questo si salva un mondo di guai"

"If there's no meaning in those words, that saves a world of trouble"

"Allora non c'è bisogno di cercare di trovare il significato"

"then we needn't try to find the meaning"

"Che la giuria consideri il suo verdetto"

"Let the jury consider their verdict"

"No, no!" disse la regina

"No, no!" said the queen

"Prima la sentenza, poi il verdetto"

"Sentencing first—verdict afterwards"

«Roba e sciocchezze!» disse Alice ad alta voce

"Stuff and nonsense!" said Alice loudly

"Com'è sciocco condannare per primo l'imputato!"

"how silly it is to sentence the defendant first!"

"Taci!" disse la regina, diventando viola
"Hold your tongue!" said the queen, turning purple
«Non terrò a freno la lingua!» disse Alice
"I will not hold my tongue!" said Alice
La regina gridò a squarciagola
the queen shouted at the top of her voice
"Tagliatele la testa!"
"chop off her head!"
Nessuno ha fatto un movimento
Nobody made a movement
«Chi se ne frega di quello che dici?» disse Alice
"Who cares what you say?" said Alice
A questo punto era cresciuta fino a raggiungere la sua piena dimensione
she had grown to her full size by this time
"Non sei altro che un mazzo di carte!"
"You're nothing but a pack of cards!"
A questo punto, tutte le carte si alzarono in aria
At this, all the cards rose up in the air

e tutte le carte le caddero addosso
and all the cards came flying down upon her
Lei lanciò un piccolo urlo
she gave a little scream
Era mezza spaventata, ma anche arrabbiata
she was half afraid, but also angry
E ha cercato di combattere le carte da sola
and she tried to fight the cards off of herself
e poi si ritrovò sdraiata sulla riva d'erba
and then she found herself lying on the grass bank
La sua testa era in grembo a sua sorella
her head was in the lap of her sister
Alcune foglie morte erano cadute sul suo viso
some dead leaves had landed on her face
e sua sorella stava delicatamente spazzolando via le foglie
and her sister was gently brushing the leaves away
«Svegliati, Alice, cara!» disse la sorella
"Wake up, Alice dear!" said her sister
"Che lungo sonno hai avuto!"
"what a long sleep you've had!"
"Oh, ho fatto un sogno così curioso!" disse Alice
"Oh, I've had such a curious dream!" said Alice
E raccontò a sua sorella tutto quello che riusciva a ricordare
And she told her sister all she could remember
tutte le strane avventure di cui hai appena letto
all the strange adventures that you have just been reading
about
Alice si alzò e corse via
Alice got up and ran off
e pensava, mentre correva, al suo sogno
and she thought, while she ran, about her dream
"Che sogno meraviglioso è stato!"
"what a wonderful dream it had been!"